suhrkamp taschenbuch 249

Uwe Johnson, geboren 1934 in Kammin (Pommern), lebt heute in England. 1960 erhielt er den Fontane-Preis der Stadt Westberlin, 1971 den Georg-Büchner-Preis. Veröffentlichungen: *Mutmassungen über Jakob; Das dritte Buch über Achim; Karsch, und andere Prosa; Zwei Ansichten; Jahrestage; Jahrestage 2; Jahrestage 3; Jahrestage 4; Eine Reise nach Klagenfurt.* Übersetzungen: Herman Melville und John Knowles.

»Berliner Stadtbahn«, aus dem Sommer von ausgerechnet 1961, dieser Aufsatz wird ja manchmal verlangt, dann war er nicht zu haben. Das soll von Anständen beim Schreiben handeln, dabei geht der Verfasser keinen Schritt von der S-Bahn runter. Wie, das könnte man hier nachlesen. Auch die Anstände, die Johnson mit den Westberlinern hatte, als sie die S-Bahn auszuhungern gedachten; damals zitierten die ostdeutschen Verwalter des Verkehrsmittels ihn gern. Skandal machten sie erst, als derselbe Text in einem Buch an die Teilnehmer der letzten Olympiade verschenkt werden sollte. Unerfindlich, außer man sieht sich das an. Unverhofft eine Rede über Kirche und Tod, original aus der Kongreßhalle zum Bußtag 1969. Mit den ehemaligen Bürgern der DDR in der Bundesrepublik sei das so eine Sache, heißt es später. Wenn man solche so reden höre. Die Kneipe, die verloren ging, die war seit inzwischen zehn Jahren weg vom Fenster. Das Ding, das die Studenten laufen hatten in Berlin! Als sie noch Leuten aus der DDR halfen, über die Mauer wie unten durch, zu Lande wie zur See, aber wohlbedacht nie durch den Zaun. Die zahlen wohl heute noch ab. Protest? auch, eher: über Protest. Oder was ein Hamburger nicht begreifen kann an einem Wohnsitz Berlin. Da kann Einer ganz gut warten, auch wenn ein Anderer die Verabredung verschusselt hat, in einer anderen Kneipe zwar, mir auch noch zwei Pils, Komma nicht ausgeschlossen. Mit einem Kind im Anflug auf Leben in Westberlin, wie würden Sie einem Kinderverstand die Vernunft der Gegend erklären? Wird hier echt versucht. Das Kind sagt: This is what I like about Berlin. Keine Senatswerbung, auf Ehre. Im übrigen, ein jeder nimmt sich sein Berlin, alle zusammen »benutzen nur den gleichen Raum«. So fährt ein Mancher gern mit der U-Bahn durch den Keller, ein Anderer entschließt sich zur S-Bahn, mehr als schriftlich.

Uwe Johnson
Berliner Sachen

Aufsätze

Suhrkamp

Umschlagfoto: Ingo Barth

suhrkamp taschenbuch 249
Erste Auflage 1975
© Suhrkamp Verlag Frankfurt am Main 1975
Drucknachweise für die einzelnen Beiträge
am Schluß des Bandes
Alle Rechte vorbehalten, insbesondere das des
öffentlichen Vortrags, der Übertragung durch
Rundfunk oder Fernsehen und der Übersetzung,
auch einzelner Teile.
Satz: IBV Lichtsatz KG, Berlin
Druck: Ebner, Ulm · Printed in Germany.
Umschlag nach Entwürfen
von Willy Fleckhaus und Rolf Staudt

Inhalt

Berliner Stadtbahn

Erlauben Sie mir, unter diesem Titel zu berichten über einige Schwierigkeiten, die mich hinderten einen Stadtbahnhof in Berlin zu beschreiben. Da tritt unter vielen anderen eine einzelne Person aus dem eingefahrenen Zug, überschreitet den Bahnsteig und verläßt ihn zur Straße hin. Dieser Vorgang bleibt sich ähnlich, so oft er vorkommt; ich habe ihn fast täglich gesehen oder beobachtet, daher glaubte ich ihn erwähnen zu dürfen. Bei der Arbeit an einem größeren epischen Text wurde eine Episode benötigt, die den Zusammenhang unterbrach. Vier verbundene Sätze sollten lediglich quantitativ auftreten, etwas anderes sein, eine Pause bewirken. Dafür war der angedeutete Vorgang ausgewählt. Er fügte sich weder in einen langen noch in vier kurze Sätze vom erwünschten Umfang, also wurde er ausgewechselt gegen einen anderen Anlaß, der dieselbe Wirkung tat. Nach einiger Zeit war es aber ärgerlich, daß diese einfache Bahnhofsszene nicht für den Namen Berlin hatte stehen wollen, und ich versuchte mit ihr eine Geschichte: eine Beschreibung für sie allein. Damit gab es Schwierigkeiten.

Der Name Berlin ließ sich voraussetzen als das Schema für eine Groß-Stadt. Einige Millionen Menschen halten sich dauernd auf in einem Gebiet, das territorial oder politisch zu definieren ist. Sie benutzen dafür Vorrichtungen, die sich von denen einer bäuerlichen Gegend unterscheiden: der Statistik wie dem Blick aus dem Flugzeug erscheint eine erhebliche Masse von Wohnhäusern, Arbeitsstätten, Straßen, Parks, Türmen für Funk und Kirche nebeneinander. Dazwischen vollziehen sich die Einzelhandlungen über längere Strecken und summiert, die meisten treffen in einem Zentrum zusammen. Die Groß-Stadt produziert und handelt die Waren des täglichen Gebrauchs sowie Dienstleistungen, Nachrichten und kulturelle Reize für eine mehr differenzierte Skala von Bedürfnissen, sie unterhält entsprechende Verbindungen mit dem umgebenden Land und anderen Städten. Das Gefüge der sozialen Beziehungen ist im Verhältnis zu diesen Größen komplex. Nationalität, historische Entwicklung, Landschaft und Klima besetzen das Erscheinungsbild der Stadt mit eigentümlichen Merkmalen, die jedoch die Definition nicht verändern. Macht man diese Voraussetzungen heutzutage (und berücksichtigt den Stand der Technik), so dürfen sie einschließen: daß eine solche Stadt zwischen ihren einzelnen Teilen Verkehr betreibt mit einer elektrisch angetriebenen Schnellbahn, die auf eigenem Gleiskörper über und unter der Erde von Bahnhof zu Bahnhof fährt, der Wagenzug hält, tauscht Fahrgäste mit der Plattform, da ist einer ausgestiegen, geht zwischen anderen zum Ausgang und mit ihnen die Treppen hinauf oder hinunter zur Straße. Der Anblick ist nicht kompliziert. In zutreffende Worte gesetzt sollte er verständlich und beiläufig wirken auf jedermann, der über Anschauung oder Erfahrung für den Begriff Groß-Stadt verfügt.

Die Grenze zerlegt den Begriff. Sie kann nicht als Kenntnis vorausgesetzt werden. Zwar ist bekannt, daß das Gebiet der ehemaligen deutschen Hauptstadt wie eine Insel vom ostdeutschen Staat umschlossen liegt und daß die Insel wiederum geteilt ist. Um jene Hälfte, die von den Armeen der Vereinigten Staaten, Großbritanniens und Frankreichs beaufsichtigt wird, ist die frühere Verwaltungsgrenze hart geworden, wie lebendige Haut verhornen kann und nicht mehr atmet. Sie ist wirtschaftlich und politisch isoliert. Der äußere Umriß der anderen Hälfte, die von der Armee der Sowjetunion beaufsichtigt wird, lebt mit dem umgebenden Land zusammen. Wo immer die beiden Zoll- und Hoheitsgebiete einander berühren, steht auf beiden Seiten deutsche Polizei im Auftrag der Siegerstaaten, was sie erlaubt und was ihr nicht auffällt darf die Grenze benutzen. Bekannt sind auch einige Oberflächen dieses Zustands: Stacheldraht. Maschendraht. Schlagbäume. An Waldwegen, Straßenecken, Kanälen stehen Personen in Uniformen ungleicher Farbe und ungleichen Zuschnitts einander in Paaren oder Gruppen gegenüber, sie beugen sich über den Ausweis eines

Passanten, sie lassen ihn über den leeren Zwischenraum gehen zur anders gekleideten Staatsmacht, die den Ausweis entgegennimmt, als sei er nicht geschickt worden. Der Mann, der in einem sehr schnell fahrenden Wagen über die Grenze gerissen wird, ist diesseits unerreichbar. Fahrbahnen, die zur Grenze bestimmt sind, haben Frost und Hitze aufgebrochen, in den Rissen wuchert Unkraut. Gewisse Bürgersteige sind nur durch eine Türschwelle getrennt von Gaststätten oder Wohnräumen, in denen anderes Geld gilt. An einer Hausecke, vor der keine Katze stutzt, kann jedermann verhaftet werden. Die Grenze in einer Stadt ist einmalig, der unerhörte Anblick verleitet dazu ihn hinzunehmen wie etwas bereits Erklärtes. Er zeigt aber lediglich die gegenwärtige Phase eines Zustands, der veränderlich ist und eine Geschichte von fünfzehn oder zweiundzwanzig Jahren hat; und seine Bezeichnung ist irreführend. Es gibt nicht: Berlin. Es sind zwei Städte Berlin, die nach der bebauten Fläche und der Einwohnerzahl vergleichbar sind. Berlin zu sagen ist vage und vielmehr eine politische Forderung, wie die östliche und die westliche Staatenkoalition sie seit einiger Zeit aufstellen, indem sie der von ihnen beeinflußten Hälfte den Namen des ganzen Gebietes geben als sei die andere nicht vorhanden oder bereits in der eigenen enthalten. Die juristischen Unterschiede, die nun anzuführen wären, können in einer so ungenauen Bezeichnung nicht deutlich werden. Die elektrische Stadtbahn also, die aus einem dörflichen Ort im ostdeutschen Staat auf die Reise geschickt wird, hält an der Stadtgrenze und wird durchsucht, nach Westberlin entlassen durchfährt sie es eine Weile, bis sie nach Ostberlin kommt, kurz darauf wird sie durchsucht, weil sie wiederum vor Westberlin ist, sie hält nun noch auf einigen Westberliner Bahnhöfen, und jetzt (zum Beispiel) steigt ein junger Mann aus. Er hat den Zug betreten (zum Beispiel) in dem kleinen Ort vor der Stadt, er kann inzwischen zweimal seinen Ausweis vorgewiesen und die Handtasche zur Kontrolle geöffnet haben, hier verläßt er den Zug, der aber nach einiger Zeit Westberlin verläßt und in das ostdeutsche Staatsgebiet einläuft, um durchsucht zu werden. Jetzt sitzt auf dem Platz ein anderer Fahrgast.

Wenn diese Zustände ihren eigenen Begriff verlangen dürfen, so nicht, weil sie pittoresk und intensiv wären, sondern weil sie die Grenze der geteilten Welt darstellen: die Grenze zwischen den beiden Ordnungen, nach denen heute in der Welt gelebt werden kann. Alle anderen Territorialgrenzen zwischen den verfeindeten Armeen sind zu militärischen Demarkationen erstarrt und sperren den Verkehr. Das Leben der beiden Seiten durchblutet sie nicht. Berlin hingegen ist ein Modell für die Begegnung der beiden Ordnungen. Es scheint unmöglich eine Schneise durch eine lebende Stadt zu schlagen und ihre Verbindungen gänzlich abzuklemmen, immer noch nicht ist die eine Hälfte das Ghetto der anderen. In diesem Modell leben zwei gegensätzliche staatliche Organisationen, zwei wirtschaftliche Arrangements, zwei Kulturen so eng nebeneinander, daß sie einander nicht aus dem Blick verlieren können und einander berühren müssen. Solche Nachbarschaft fordert den genauen Vergleich. Die Abstraktion und Dämonisierung, die politisch mit diesem Ort betrieben werden und als Sprachregelungen auf ihn zurückfallen, verfehlen die Möglichkeiten des Modells. Was in ihm symptomatisch erscheint für die Teilung und Wiedervereinigung eines Landes, kann auch repräsentativ sein für die Feindschaft und Annäherung der beiden Lager in der Welt. Dies ist nicht nur eine Rechtfertigung des Themas. Eine Grenze an dieser Stelle wirkt wie eine literarische Kategorie. Sie verlangt die epische Technik und die Sprache zu verändern, bis sie der unerhörten Situation gerecht werden. Der konventionelle Ausdruck für den Fahrgast, der auf einem (sozusagen) ausländischen Bahnhof für eine längere Zeit aussteigt, beansprucht den ‚Flüchtling' als einen propagandistischen Wert; indem er so genannt wird, soll er Vorzüge für die eine und Nachteile für die andere Seite der Grenze beweisen. Er mag doch lediglich umgezogen sein. Die einseitige politische Parteinahme, die den Reisenden sofort zu einer Machtposition hin relativiert, sieht nicht genug von ihm und kann sich noch im Erkannten täuschen; außerdem schließt sie die Anwendung von Mitteln zur

Massenvernichtung ein, die der Literatur als Argument und Werkzeug nicht gut in der Hnd liegen, wenn sie einen Stadtbahnhof und einen zufälligen Fahrgast so beschreiben will, daß der Text nicht nur seinem neuen Leben gerecht wird, sondern auch dem, das er verlassen hat, das in diesem Augenblick sehr rasch verändert wird.

Solange die Arbeit an einem literarischen Text dieser Art sich mit der Wahrheit befaßt, muß ihr Gegenstand also geprüft werden an zwei gegensätzlichen Tendenzen der Wahrheitsfindung. Einige einfache Fehlerquellen bei der Herstellung und Übermittlung von Information sind bekannt: da haben die Augenzeugen nicht genau hingesehen, was sie nicht gesehen haben, können sie nicht sagen. Sie erfinden etwas, was ihnen den Vorfall abzurunden scheint. Oder sie haben die Situation schlicht nach ihren gewohnten Bezugspunkten geordnet, die mögen privat sein oder von sektenhafter Moral oder parteipolitisch. Presse, Rundfunk, Fernsehen und Stadtgespräch verändern nochmals, was sie als bereits zubereitetes Material bekommen. Sie müssen sich zum Teil einlassen auf die Interpretation, die der erste Berichterstatter mit einem Eigenschaftswort im Vorfall ansiedelt. Sie alle schädigen die Realität (vorausgesetzt, daß dies Wort noch zutrifft) je nach ihrer technischen Eigenart um eine oder mehr Dimensionen. Diese subjektiv oder technisch verursachten Fehler wachsen komplex, sobald sie mit der fruchtbareren Fehlerquelle der Tendenz verbunden zum Schema werden. Von diesen gibt es auf jeder Seite der Grenze eins. Es ist selbstverständlich, daß die Gesetze des einen Informationsschemas nicht zum Maßstab für das andere gemacht werden können. Es ist genau so selbstverständlich, daß die Zuverlässigkeit des einen Schemas nicht quantitativ ermittelt werden kann: etwa nach den Dementis, die dem anderen aufgenötigt werden, oder nach den Beweisen, die ihm selbst gelingen. Nur versuchsweise können die oberflächlichen Phänomene des Schemas verlängert werden bis zu den Interessen des Staates, der politischen Position, der Wirtschaftsgruppe, an die das Informationsschema durch Zwang, Auftrag, Lebenswillen gebunden ist. Was können sie wollen von einem arbeitsfähigen und jungen Mann, der den Wohnsitz wechselt, was mögen sie mit ihm vorhaben? Diese Interessen sind aber nicht regelmäßig, da ihr Ausdruck sich den Veränderungen der Gesamtlage anpaßt; es gibt nur vorübergehend Permanenzen, nach denen ein ähnlicher Fall jetzt so beurteilt werden kann, wie er früher unter ähnlichen Umständen ausgesehen hat. Diese Interessen sind auch kaum in einem Grunde so gutwillig, hilfsbereit, vertrauenswürdig, daß man sich ihnen verschreiben könnte und den entgegengesetzten blicklos wie ein Gläubiger begegnen. Selbst in befristeten Bündnissen kann, abgesehen von der vervielfachten Wirkung, unter dem Namen eines vernünftigen (jetzt notwendigen) Zugeständnisses eine Art der Korruption anfangen. Und auch die Prüfung dieser Interessen ergibt nicht eindeutige und selten zutreffende Resultate, da die Absichten nicht gradlinig oder kausal verlaufen müssen, da der taktische Plan für die Deformation einer Nachricht nicht immer in der Phase der Prüfung zutage tritt, da auch im Apparat des Informationsschemas oder sogar der herrschenden Machtgruppe Personen verborgen sein mögen, die eigentlich für das fremde Lager arbeiten und das Schema mit Fälschungen einer noch anderen Qualität ausstatten. Wenn also das Schema der einen Seite den Fahrgast auf dem Bahnsteig erwähnt, so kann das andere ihn verschweigen. Das Schema A beansprucht ihn als Kronzeugen für die Vorzüglichkeit des Staatswesens, in dessen Sinn zu arbeiten es beauftragt ist. Das Schema B verschweigt den Reisenden. Oder es macht ihn zu einem Zeugen für die Schrecklichkeit des Landes, das er eben erst aufgesucht hat, das er noch gar nicht kennt, für das er nur insofern entschieden ist, als er in dem anderen nicht hat bleiben mögen. Die Nachbarschaft dieser zwei politischen Ordnungen ist nicht mehr als eine Alternative von Wirklichkeiten. Sie sind nicht durch Logik verbunden, sondern durch eine Grenze.

Im Besitz aller Informationen über einen solchen Insassen der städtischen Schnellbahn kann der Verfasser eines Textes mit gleichem Gegenstand sie zunächst ordnen nach den beiden

Haupttendenzen. Dann ist ihm freigestellt: den Vorfall entweder zu übersehen oder ihn genau ins Auge zu fassen. Das ist kein leichter Entschluß. Es gibt viele Grade der Gleichgültigkeit oder der Anteilnahme, aber wie auch immer sie erscheinen, faktisch sind sie eine Parteinahme für die Machtgruppe, deren Information übernommen wurde. Es geht hier noch gar nicht um die Wahrheit dieses Vorfalls, sondern um den Gebrauch, dem er ausgesetzt sein wird. Der Text sollte so angelegt werden, daß die Raster von Schema B oder A seine Bezüge weder umgruppieren noch eingemeinden können. Nach einiger Zeit kann diese Arbeit sinnlos vertan sein, weil sie zu einem unverbesserlichen Zeitpunkt bezogen war auf ein nur aktuelles Gefüge von Tendenzen und Verhältnissen, die geändert worden sind und nun die Absichten des Textes umkehren. Zumindest die Vorsicht empfiehlt zu vermeiden, daß die Diagnosen über den Abschluß des berichteten Vorfalls hinaus zu Prognosen ausgeweitet werden. Und warum eigentlich sollte zwischen oder neben den beiden Schemata der Berichterstattung noch ein anderes erscheinen?

Das ist zunächst die private Angelegenheit des Verfassers. Er ist beispielsweise entschlossen, die Zahl von drei Millionen Abwanderern aus dem ostdeutschen Staatsgebiet für symptomatisch zu halten und demnach einen Fall zu berichten. Das kann den ganz belanglosen Grund haben, daß er selbst daher kam: es ist sein eigenes Erlebnis, das er aus der Vergänglichkeit herausnehmen will, das er in einem Text haltbar machen möchte. Das geht noch niemanden etwas an. Er redet sich heraus. Er leugnet eigensüchtige Motive. Er fängt einfach an. Dann wird er zum Sprecher eines Personenkreises, der ihn nicht beauftragt hat. Oder man hält ihn dafür. Er wendet sich an einen anderen Personenkreis, dem er die Notwendigkeit seines Themas erst noch nachweisen muß; dazu darf er aber keine anderen als literarische Argumente benutzen, so daß die Einzelheiten der geplanten Geschichte mit Absichten besetzt werden, die diesem Medium fremd sein können. Und dies Schema C oder Y wird die abgelehnten Hauptschemata kaum zuverlässig korrigieren, da der Verfasser es ja zusammengesetzt hat aus seinen eigenen Kenntnissen und Absichten. Die sind vielleicht so stellvertretend nicht, wie er am liebsten glauben würde. Das Verfahren ist fragwürdig. Er besichtigt eine gewisse Anzahl von Stadtbahnhöfen und nimmt ihre Ähnlichkeiten zusammen. Ist aber der Durchschnitt repräsentativ, wenn das Außerordentliche übersehen wurde, in dem doch sehr viel mehr Realität versammelt sein mag? Der Verfasser kann die Person, von der er berichtet, nur mit Verhaltensweisen ausstatten, über die er selbst verfügt oder die er bei Dritten und Achten beobachtet hat. Es mag ja noch andere geben. Er befragte alle Zeugen, die ihm erreichbar sind. Und wenn sie ihn anlügen? Er mag nachher gar nicht an die richtigen gekommen sein. Er hält den Vorfall überhaupt für ein Beispiel, das man anführen darf. Er glaubt, daß es etwas beweist über die Lebensverhältnisse beiderseits der Grenze. Da kann schlicht die Statistik ihn getäuscht haben. Es muß in drei Millionen nicht unbedingt eine ansehnlich große Zahl enthalten sein, die seiner Auffassung den Rücken stärken würde. Spricht ein Drittel gegen zwei Drittel? Er kann auch befangen sein in Erfahrungen, die ihm als einzigem zugestoßen sind. Wie, wenn seine Unterstellungen Vorurteile wären? Was, wenn er sich orientiert nach Meinungen, die er nicht im Traum zu überprüfen denkt, denen zufällig niemand widersprochen hat? Das sind seine Voraussetzungen. Sein Schema kann spezifisch literarische Fehler produzieren: Er kann für allgemein halten, was einzeln ist. Er kann typisch nennen, was privat ist. Er kann ein Gesetz erkennen wollen, wo nur eine statistische Häufung erscheint. Unablässig ist er in der Gefahr, daß er versucht etwas wirklich zu machen, das nur tatsächlich ist.

Das Wort Dilemma tritt nicht oft in so reiner Kongruenz mit seinem Gegenstand auf. Das zweiseitige Problem der Wahrheitsfindung wirkt also hinein in die Phase der Konzeption (die wiederum für sich zweifelhaft ist). Es bestimmt die Auswahl der Einzelheiten, die den Text konstituieren sollen, wie sie die Realität konstituieren. Ein Beispiel ist der zweite deutsche Krieg, weil er die Grenze hinterlassen hat. Es sind genug Ruinen in der Nähe von Stadtbahnhöfen übrig, sie bilden die Umgebung, sie gehören zum Eindruck des Ankömmlings. Der Text erwähnt beflissen: eine Ruine. Ist aber darin der Krieg enthalten? Es gilt für die Welt und wohl auch für etwas mehr als die Hälfte der deutschen Bevölkerung als erwiesen, daß der Krieg von Deutschland verschuldet ist und daß seine Führer freiwillig gewählt wurden zu einem Zeitpunkt, als sie ihre sämtlichen Ziele bereits ausgesprochen hatten. Es ist eine eigentümliche Umkehrung der Verhältnisse, daß die Hauptstadt eines so verachteten Volkes wieder ein unverächtliches Thema abgeben kann. Fast ist die Schande vergessen, da die Funktion ihres Ortes geändert wurde. Diese Umkehrung muß jedenfalls an verzeihenden Gesten gehindert werden. Die Ruine muß folgende Fragen beantworten: Bleibt für den einzelnen Staatsbürger zwischen der manipulierten Macht und seiner manipulierten Entscheidung für sie am Ende die kollektive Schuld übrig? Haben die Kinder von damals die Schuld ihrer Väter geerbt? Oder sind sie allesamt entschuldigt durch die Konstruktion des Staatsapparates, der jeweils den persönlichen Wirkungen der amtierenden Staatsführer nachgibt, tut er das? Es gibt ausführliche und verfeindete Theorien über die Rolle der Persönlichkeit in der Geschichte, fast wöchentlich werden neue Fakten des Krieges bekannt und verändern Teile seiner Interpretation; wenn die Wissenschaft diese Probleme noch nicht entscheiden mag, kann ein literarischer Text nicht gut mit einer Ruine ankommen und tun als sei diese Oberfläche deutlich und gefüllt. Die Folge dieses ungenau bekannten Ereignisses ist in der Grenze anders enthalten als in den diplomatischen Verhandlungen. Über die Pläne, die in Jalta und Teheran noch vor Ende des Krieges mit dieser Stadt veranstaltet wurden, ist eine neue Gegenwart gewachsen, in der das zeitweilige Arrangement sich fossil ausnimmt. Es scheint weder klar noch vernünftig geplant, daß mitten im Einflußgebiet der westlichen Armeen die Stadtbahnhöfe unter ostdeutscher Verwaltung stehen; komisch mischt sich ein Besitztitel ein, so daß ostdeutsche Polizisten einen Reisenden kontrollieren dürfen, wo er sie wenige Meter entfernt mit Gebärden und Grimassen verantwortlich machen kann für Umstände, für die sie meist zu jung sind. (Er wird noch nicht wagen, sich mit Worten zu verraten.) Dieses Risiko ist für den Reisenden erheblich wie dessen Vorgeschichte für das Verständnis und muß in der Beschreibung seiner Lage enthalten sein: plötzlich jedoch scheinen Ruine und Polizei unvergleichbare Phänomene ohne gemeinsame Ursache, ihre Nachbarschaft desorientiert. Hier ist ein Augenblick erstarrt in stetig veränderter Umgebung, beide verlangen einen anderen Blick.

Auch in der Phase der Beschreibung kann das Dilemma wirksam werden. Das Aussehen des Bahnhofs scheint geeignet, die Entscheidung des Ankömmlings zu vergegenwärtigen. Zumindest ist dies der Ort, an dem er angekommen ist. Er sieht die gleiche Architektur wie jenseits der Grenze: gußeiserne Pfosten halten ein nach unten gewölbtes oder geknicktes Dach über die Plattform, die meist aus kleinen hellen Steinen gepflastert ist. In Abständen sind auf dem Bahnsteig Sitzbänke und Bedürfnisanstalt errichtet, Buden für die Beamten des Fahrbetriebs, Kioske für den Verkauf von Proviant und Zeitungen. Zum Glück gibt es Unterschiede. Was an einem solchen Bahnhof dem ostdeutschen Staat gehört, sieht ärmlicher aus. Auf den Glasscheiben der Niedergänge sitzt Schmutz wie eingeätzt, Farbe an Warteräumen und Diensthäuschen ist verwittert, die Dachbohlen faulen, die gußeisernen Blumenzierate an den Pfeilern rosten, und wo vor vielleicht fünfzehn Jahren eine Kugel das Namensschild der Station getroffen hat, starrt aus der Emaille immer noch der unregelmäßig gezackte Einschuß. Was aber den Bahnhof umgibt und was darauf an Westberlin vermietet ist, sieht opulent aus. Der Reisende bemerkte an verputzten Brandmauern Reklame für ihm unbekannte Waren in werbewirksamen, also angenehmen Farben, beim Überfahren von Straßen hat er wohlhabende Fassaden aus Glas und Marmor viel Verkehr schleusen sehen, unterhalb des Bahnhofs parken ungewohnt viele Wagen still am Bürgersteig, die Kioske auf der Plattform bieten Lebensmittel, Tabakwaren, Zeitungen von vielen Arten an: sie werden anders schmecken, sie werden anders zu rauchen und anders zu lesen sein. Vielleicht besser. Ist dieser Unterschied echt? Wird er einmal zur Sprache gebracht, so akzentuiert er die Entscheidung des Fahrgastes, der hier bleiben will. Hat er es so gemeint? Wollte er lieber leben in einem Lande, das seine Wirtschaft der freien Konkurrenz überläßt und zur Zeit eine Hochkonjunktur genießt, und hat er etwas gegen die staatliche Verwaltung und Leitung der Wirtschaft (denn sie hat kein Glück, wo er herkommt)? Dies sind nicht Gründe für eine Reise. Der Wunsch, prächtiger zu leben, kommt vereinzelt vor als Antrieb und ist nicht beachtenswert. Ihm fällt in den Blick, daß das hiesige Leben reich ist. Ist aber nun die wirtschaftliche Leistung eines Staatswesens ein Beweis für seine gerechte Einrichtung? Die Wissenschaft hat nicht ausgemacht, ob die ungehinderte Warenwirtschaft auf die Dauer ihre Bürger mit wachsenden Gefälligkeiten so reichlich wird versehen können; es gibt über die Krisenzyklen Theorien, die von den erfahrensten Fachleuten sehr uneins vorgetragen werden. Ebenso ist möglich, daß die Besitzer des ostdeutschen Staates das Planen und Lenken der Wirtschaft doch noch lernen könnten; auch für diese Frage gibt es Experten, die miteinander nicht mehr reden, weil sie einander zu heftig haben widersprechen müssen. Von Abwarten ist keine Rede: der Ankömmling hat sich soeben entschieden. Gewiß wird die organisatorische Form eines Staates seine Wirtschaft beeinflussen; die Verbindung ist aber nicht unmittelbar. Die Veränderungen ihrer Zustände erscheinen nicht zusammenhängend einer im anderen. Die freie Warenwirtschaft mag eines Tages verarmt auftreten, der staatlich gelenkten Wirtschaft sagt man voraus, daß ihr dereinst vielleicht nicht mehr so viel fehlschlagen wird. Will man die Gründe des Reisenden, die sich nämlich auf den Grad von Demokratie in einem Gemeinwesen beziehen, sichtbar machen, so ist dafür das Aussehen des Stadtbahnhofes nicht geeignet: es lenkt ab von seinen Gründen. Aber was ihm hier begegnet, ist die Außenseite, die sein verändertes Leben unablässig umgeben wird. Und es ist undenkbar, bei der Beschreibung eines grauen Bahnhofs von den bunten Flecken abzusehen. Und unter (noch nicht ausgemachten, faktischen wie wissenschaftlichen) Umständen ist es ungerecht gegen die Leistungen der freien Warenwirtschaft, wenn sie dem ratlosen Reisenden nur erscheinen als Fremde: als nicht gewünschter und nicht verständlicher Unterschied.

Auch die sprachliche Artikulation stößt auf Widerstände. Es gibt keinen einheitlichen Ausdruckszusammenhang für das Gemisch unabhängiger Phänomene, die auf einem solchen Grenzbahnhof zusammentreffen. Die beiden Herrschaftsordnungen, unter denen entlang der Grenze gelebt wird, haben das Betragen der verwalteten Bürger geändert, indem sie ihre Situation änderten. Beide haben ihre Angehörigen zu Reaktionen erzogen, die von unterschiedlicher Struktur sind. Das Verhalten gegenüber staatlichen Anforderungen, solche Verhältnisse wie der Arbeitsvertrag, eine Freundschaft, Nachbarschaften in einem Verkehrsmittel werden anders kalkuliert und erscheinen demnach als verschiedenes Verhalten. Sie sind auf jeweils andere Bezüge orientiert. Der Ankömmling führt mit sich Gewohnheiten und Überlegungen, für die ihm diesseits plötzlich die Anlässe fehlen. Er wird an seinen Nachbarn bemerken, daß sie Dinge nicht beachten, über die er erschrickt. Er wird sie beobachten bei Streitigkeiten, die er geringschätzen oder in der Öffentlichkeit vermeiden würde. Wo sie locker sind, ist er bedenklich. Echtes Ausland ist selten so fremd. Folgt die Beschreibung einige Zeit lang den Konturen seiner Wahrnehmungen, muß sie sich einlassen auf ein durchaus eigenständiges System, das nicht geeignet ist für die Beschreibung von Leuten mit anderer Staatsbürgerschaft. Die Existenz solcher Worte wie Scheu oder Lockerheit fördert die Illusion, daß man sie auf alle vorkommende Mimik und Gestik anwenden könne. Allerdings ist der Teil des individuellen Charakters am Verhalten ungleich geringer als der der Anlässe, die es steuern. Die Anlässe sind unvergleichbar. Das Gefüge der Assoziationen ist anders gruppiert: Polizist und Reklame und bräunlicher Staub auf dem Bahnsteigpflaster sind für den Ankömmling zum Beispiel gefährlicher geordnet als für die Mitreisenden. Die Anlässe sind nicht zugegen. Die Beschreibung kann den Bahnsteig verlängern bis zu den entfernten Gegenständen und Verhältnissen, die die schattenhaften Reaktionen dieses Fahrgastes immer noch auslösen. Vielleicht werden die Differenzen sichtbar, aber der Text ist aufgeschwemmt; und weitere Mängel sind nicht beseitigt. Denn es kommt hinzu, daß beide Machtapparate ihre eigenen sprachlichen Verabredungen getroffen haben und sie in ihrem Gebiet teilweise als Konvention durchsetzen konnten. Beide Städte Berlin etwa nennen sich frei einander unfrei, sich demokratisch einander undemokratisch, sich friedlich einander kriegslüstern usw. Einige dieser diffusen Formeln sind tatsächlich sprachgängig geworden und werden oft ohne Ironie angesetzt. Mithin führt der Reisende mit sich die Namen von Gegenständen, Glaubenssätzen, politischen Verhältnissen, die es nicht gibt, wo er eben aussteigt: deren Namen dort nicht geläufig sind. Da diese Namensgebung parteiisch und wertend verfährt, ist sie ohnehin nicht tauglich für den Text. Außerdem muß sie relativiert werden mit der Distanz, die der Reisende vielleicht zu ihnen bewahrt hat: daß er sie verwendet, heißt nicht, daß er sie billigt. Möglicherweise fand er keine zureichenden Ersatzbezeichnungen, so daß er die amtlichen hat benutzen müssen wie Münzen, deren Kurswert uneingestanden mit Wirklichkeit aufgerundet oder abgerundet werden mußte, bis der tatsächliche Wert ungefähr erreicht war. Jedenfalls wird es ihm mit diesem Material schwerlich gelingen, den Bewohnern des anderen Landes ein eindeutiges Verständnis seiner Lage auch nur anzubieten. Das gilt nicht nur für den Ort der Abfahrt, sondern auch für das Ziel seiner Reise. Er war bisher dem Informationsschema des verlassenen Landes ausgeliefert, das nicht nur einseitig arbeitet, sondern auch die Nachrichten des anderen Landes aussperrt, um es ungehindert interpretieren zu können. Nur manchmal und stets zufällig ist ein Vergleich zustande gekommen. Das allgemeine Mißtrauen gegen die Berichte der Zeitungen und Sender und Staatsämter ist lediglich defensiv, seine Ergebnisse sind vage. Es hat nicht in jedem Fall verhüten können, daß er Bezeichnungen und Bewertungen für die Situation jenseits der Grenze unkontrolliert aufnahm, die hat er mitgebracht, während der Fahrt sieht er schon die angekündigten Gegenstände und wird sie vorerst mißverstehen unter den Namen, gegen die er wehrlos gewesen ist. Es wird ihn Mühe kosten, sein Zeichensystem dem Bezeichneten adäquat zu verändern. Es wird ihn Mühe kosten, das Zeichensystem des fremden Landes zu erlernen, dies mit dem mitgebrachten zu vergleichen und endlich ein eigenes nach seinen persönlichen Erfahrungen anzustimmen. Ein Text, der sich mit diesem Aspekt des Vorgangs befassen will, wird eine Sprache gebrauchen müssen, die beide Gegenden in einen Griff bekommt und zudem überregional verständlich ist. Dazu benötigt er einen Maßstab, der sich durch Neuigkeit und geringe Dekkung selbst gefährdet. Auch kann das Ergebnis am Ende nicht mehr sein als eine separate Lösung. (Es versteht sich, daß einige dieser Bemerkungen nur gerechtfertigt sind durch den Umstand, daß diese zwei Städte einmal die Hauptstadt eines nicht geteilten Landes bildeten, und durch den Blick auf eine mögliche oder wünschbare Wiedervereinigung.)

Aus diesen Bedingungen des Themas (das gewissermaßen für Deutschland nach dem Krieg, als ein Thema, steht) sind verschiedene literarische Konsequenzen hervorgegangen. In diesem Fall, den ich Ihnen vortragen darf, haben sie sich eigentlich ausgewirkt auf den Platz des Erzählers. Wo steht der Autor in seinem Text? Die Manieren der Allwissenheit sind verdächtig. Der göttergleiche Überblick eines Balzac ist bewundernswert. Balzac lebte von 1799 bis 1850. Wenn der Verfasser seinen Text erst erfinden und montieren muß: wie kann er dann auf hohem Stuhl über dem Spielfeld hocken wie ein Schiedsrichter beim Tennis, alle Regeln wissen, die Personen sowohl kennen als auch fehlerlos beobachten, zu beliebiger Zeit souverän eingreifen und sogar den Platz tauschen mit einer seiner Personen und noch in sie blicken, wie er sogar selbst sich doch selten bekannt wird. Der Verfasser sollte zugeben, daß er erfunden hat, was er vorbringt, er sollte nicht verschweigen, daß seine Informationen lückenhaft sind und ungenau. Denn er verlangt Geld für was er anbietet. Dies eingestehen kann er, indem er etwa die schwierige Suche nach der Wahrheit ausdrücklich vorführt, indem er seine Auffassung des Geschehens mit der seiner Person vergleicht und relativiert, indem er ausläßt, was er nicht wissen kann, indem er nicht für reine Kunst ausgibt, was noch eine Art der Wahrheitsfindung ist. Gewiß entstehen dabei Gesten, deren epischer Charakter umstritten ist, aber wenn zum Beispiel mit den erzählten Vorfällen wirksam verbunden ein ideologisches System vorkommt, so scheint dessen Diskussion auch eine Weise davon zu erzählen und nicht die am meisten unhandliche. Von einem Erzähler werden Nachrichten über die Lage erwartet, soll er sie berichten mit Mitteln, über die sie hinausgewachsen ist? In dem alten Streit wegen der Zeitdifferenz zwischen den populären und den unbekannten Methoden kann er gar nicht anders, als sich für die genaueren entscheiden, denn Genauigkeit wird von ihm verlangt. Allerdings ist das Gesetz auf ihn beschränkt, nach dem er die ästhetischen Mittel unablässig abzuwandeln sucht mit den unablässigen Veränderungen der Realität, natürlich geht er Kompromisse ein, und natürlich wird er sich gelegentlich Sorgen machen, weil viel weniger Leute das lesen wollen, als er möchte.

Hoffentlich habe ich die Schwierigkeiten mit einem Bahnhof der Berliner Stadtbahn dennoch so beschrieben, daß Sie ihn sich ungefähr vorstellen können.

(1961)

Boykott der Berliner
Stadtbahn

Bei der Betrachtung eines Stadtplanes fallen zwischen den begrenzten Farben für bebaute Flächen und Parks verbundene Liniennetze auf, verschiedene für Magistralen, Oberflächenverkehr, Schnellbahnen über und unter der Erde. Die Zusammenarbeit dieser Netze, der von Adern leicht vergleichbar, sagt gut für Gesundheit der Stadt. Ihr Blut bewegt sich darin, durchläuft die Glieder, hält sie belebt.

Eines dieser Systeme war in Berlin die Stadtbahn. Schon für den Ortsfremden lag die Hauptstadt in der Stadtbahn. Sie zog ihn aus den Fernbahnhöfen in die Provinzen der Stadt, mit ausstrahlenden Radialen und einem riesigen Ring brachte sie ihm einen räumlichen Begriff der Gegend bei, bevor sie ihn entließ in eins der Zentren oder der Stadtdörfer, von wo aus seine feinere Bewegung begann in den Bahnen unter der Erde, auf der Erde, den Bussen, durch einzelne Straßen, um die Ecke, in die Nähe des gewünschten Hauses. Für ihn wie für die Einheimischen tat die Stadtbahn das Ihre, wie ein anderes Verkehrsmittel das Seine, sie teilten die Arbeit der Beförderung, Organen vergleichbar.

Die Stadtbahn in Westberlin steht seit 1961 unter einem Boykott, den die Vernunft nicht erklärt, und selbst die Vorgeschichte ist nur davor.

Nach dem Krieg wurden die sowjetisch besetzten Bezirke der Stadt getrennt von den anderen, die seitdem als ein besonderes Westberlin leben. Das Abkommen der Siegermächte hatte auch gemeinsame Einrichtungen der Sektoren geteilt: So war der Betrieb der Stadtbahn der Ostberliner Reichsbahndirektion überantwortet, ihr Gebiet in Westberlin dem Hoheitsrecht der Stadtkommandanten unterstellt. Die Untergrundbahn kam unter Regie der Westberliner Verkehrsgesellschaft BVG, mit entsprechenden Einschränkungen in der Oststadt. Plötzlich 1952 wurden die Straßenbahnen und Omnibusse nicht mehr über die Grenze gelassen. Aber die Straßen standen offen, die Untergrundbahn unterhielt durch beide Städte gehende Linien, die Stadtbahn fuhr beide Städte aus und darüber hinaus ins Land.

An jedem einzigen Tage vor dem August 1961 wurde die Grenze zwischen den Städten Berlin in beiden Richtungen fünfhundertausendmal überschritten, vielmals in den gelbroten Zügen der Stadtbahn. Da kamen in den Westen Besuch, Verwandtschaft, Kunden, Käufer, Gäste, Arbeiter, Angestellte, Friedhofsgänger, Leute ins Kino, Flüchtlinge und Flüchtlinge. Da fuhren in den Osten die Besuche, Kunden, Putzfrauen zurück, dahin gingen Beschäftigte der Stadtbahn, Opernhausmitglieder und Publikum, Freunde, Verwandtschaft, Leute zum Friseur. Über den Anteil der Geheimdienstagenten werden uns die Archive in fünfzig Jahren Zuverlässiges nicht sagen. Fünfhunderttausendmal täglich, von neun Bewohnern beider Berlin immer einer war unterwegs, oft stellvertretend, hinüber und herüber. Die Städte blieben einander wenigstens bekannt, flüchtig verwandt, locker verwachsen.

Die Weststadt saß isoliert durch den Neuanfang der wirtschaftlichen und gesellschaftlichen Tradition, durch Absperrung vom Land, durch Wohlstand. Auch die Stadtbahn wurde in ihren friedensmäßigen Anschein hineingezogen, obwohl an ihr Züge waren, die hinter der weststädtischen Zeit her standen, wie Versteinerungen der Zeitschicht, nachkriegsverwittert, unverhältnismäßig, sozusagen absurd:

Auf Westberliner Gebiet waren in den Stadtbahnzügen alle ihresgleichen, oder doch in den Schutz dieser Gleichartigkeit aufgenommen. Fremd dazwischen, vergebens bemüht um Selbstverständlichkeit, standen Uniformen der ostdeutschen Bahnpolizei. Die setzten sich nur zu mehreren, wenn sie ein Abteil ganz belegen konnten.

Die oststädtische Stadtverwaltung unternahm auch den Versuch, in das Hoheitsrecht der weststädtischen Kommandanten einzusteigen, indem sie Symbole ihres Staates auf Stadtbahnhöfen aushängen ließ. Sie nahm deren Entfernung hin. Um so deutlicher wurde der Versuch.

Für einen Schreck reichte der Weststadt auch, daß ein Wasserrohrbruch im Osten die Stadtbahn im Westen anhalten konnte, da sie mit Ostberliner Strom fuhr.

Öfter wurden in den Nachtstunden Züge beschädigt von Betrunkenen und Jugendlichen, die auch mit Steinen warfen, die Schienen blockierten. Obwohl diese Vorfälle den Durchschnitt der Kriminalität an anderen Orten der Stadt nicht überzogen, sagte die Ostberliner Verwaltung der Westberliner damit Sabotage nach, gab den Bahnangestellten aber ernstlich auf, der weststädtischen Polizei die Fahndung zu erschweren. In einem Fall ist vor Gericht erwiesen, daß die östliche Direktion ihre heilige Stadtbahn von käuflichen Rowdys beschädigen ließ, zugunsten einer unvorstellbaren Politik. (In den übrigen Fällen soll es sich um schlichte Straftaten gehandelt haben.)

Befremdend auch saß im Preisgefüge Westberlins der Fahrpreis der Stadtbahn um die Hälfte billiger als die Tarife der hiesigen Verkehrsgesellschaft. Diese Forderung stand in einem unwahrscheinlichen Verhältnis zum Betriebsaufwand und hatte den anders gemeinten, ostdeutschen Namen Kampfpreis.

Das alles ließ sich sehen und vergessen im Gedränge des allnachmittäglichen Berufsverkehrs, beim raschen Umsteigen, beeilen bitte. Dann wurde der Unterschied der Weststadt zu ihrer Umgebung in volle Kraft gesetzt durch Trennung.

Im Sommer 1961 hatte die ostdeutsche Regierung die Wirtschaft ihres Landes durch Eigensinn und Irrtum schwer beschädigt, die meisten ihrer Bürger durch Gewalt und Drohung so verärgert, daß bald an jedem Tage über tausend Leute auf der Stadtbahn nach Westberlin fuhren, der einzigen noch offenen Stelle Ostdeutschlands, entschlossen, dahin nicht zurückzukehren. Die Station, an der das Flüchtlingslager stand, und der Ausweg durch die Luft nach Westdeutschland, war lange schon ein geläufiges ostdeutsches Wort, als Hoffnung, als Redensart. Jetzt, da deren Regierung endgültiger drohte und die antikommunistische Presse der Westgebiete die Angst einpeitschte, wurde der Bahnhofsname zu einem panischen Ort. Die ostdeutsche Regierung verlor lebensgefährlich viele ihrer Arbeitskräfte, deren leere Stellen zogen täglich mehr nach. Die Zeit der völligen Ausblutung Ostdeutschlands hätte sich vorausberechnen lassen.

In dieser Situation fand die ostdeutsche Regierung nicht den Mut, ihre wirtschaftlichen Ursachen anzugeben, so dringend ihre Ideologie sie dazu verpflichtet hätte. Unter dem Vorwand, es werde in Westberlin und in Westdeutschland ein bewaffneter Angriff gegen Ostdeutschland vorbereitet, wurden die Grenzen um Westberlin völlig geschlossen mit Stacheldraht, Mauersteinen und Militär, was alles zusammen ein antifaschistischer Schutzwall genannt wurde, gerichtet gegen die eigenen Bürger. Am Ring der Stadtbahn konnte endlich Gebrauch gemacht werden von den schon 1955 vorbereiteten Wendeschleifen gegenüber den weststädtischen Bahnhöfen Gesundbrunnen und Sonnenallee. Die übrigen Verbindungen wurden demontiert, Schienen auseinandergebogen, Eisenpfähle eingerammt. Der Ring, eine fast natürliche Bahn im Organismus des Verkehrs: zerbrochen. Die Vorortlinien, die Einladungen der Stadt an die Städte, an Potsdam, Falkensee und Nauen, Velten, Oranienburg, Bernau, Straußberg, Erkner, Königswusterhausen, Teltow, Mahlow, Zossen: abgewürgt, zerschnitten, tot.

In Westberlin fuhr die Stadtbahn eingesperrt. In den ersten Tagen nach der Absperrung begannen die Fahrgastzahlen abzunehmen. Voller als gewöhnlich waren die Züge auf der einzigen Strecke nach Ostberlin, solange die Bürger Westberlins die andere Stadt noch betreten durften.

Die ostdeutsche Sprache verwies auf die Endgültigkeit, die dieser Staat mit der Schließung gewonnen habe, und verlangte, allen anderen Passierscheine ausstellen zu dürfen, und zwar bereits auf Westberliner Gebiet, auf den Stadtbahnhöfen. Als diese Büros in Fahrkartenschaltern im Auftrag der Stadtkommandanten und unter Hinweis auf deren Hoheitsrecht geschlossen wurden, schickte das Grenzmilitär die Westberliner zurück.

Die westdeutsche Sprache wollte den Grund so sehen, daß die

andere Polizei nicht ausreichende Kontrollverfahren vorbereitet hatte für diesen Fall und deshalb allzu hilflos war gegen Leute, die hinüberkamen mit einem Westberliner Ausweis in der Hand und einem in der Unterhose, damit sie bei der Rückkehr Staatsbürger mit sich führten, die den Bildern im zweiten Ausweis nur ähnlich sahen. Damals glaubte man an eine vorläufige Aussperrung, eine Atempause für die Entwicklung besserer Kontrollen.

Tatsächlich sind immer noch die Bewohner des Westberliner Besatzungsgebietes die einzigen Nationalitäten der ganzen Welt, die weder über die Straße noch über die Bahn in die andere Stadt dürfen, es sei denn für immer. Wenn ihre Situation beschrieben wird mit der Versicherung, ihre Rechte seien in denen der Schutzmächte enthalten, so ist ihre Lage gefährlich, vorausgesetzt, ein Fehler verderbe die ganze Rechnung.

Dazu hören sie aus Ostberlin, sie hätten ihre Trennung von Freunden, Verlobten, Familie und Verwandtschaft selbst verschuldet, indem sie die Schließung der Passierscheinbüros sich hätten gefallen lassen. Da wird von merkwürdigen »vielerlei« Methoden politischen Protestes gesprochen. Da wird ihnen das Ergebnis der Wahlen zur Westberliner Selbstverwaltung angelastet als Einverständnis mit den Maßnahmen, die diese Verwaltung im Auftrage ihrer Vorgesetzten ausführt, und dies alles aus dem Munde einer Regierung, deren Partei in Westberlin auf die verächtlichste Weise geschnitten wurde und die sich wie anderen das Unterlassen von Einmischungen zum Prinzip macht.

In den ersten Tagen nach dem Aussperren der Ostdeutschen war die öffentliche Stimmung Westberlins gefährlich aufgeregt. Die Gründe für die Abwanderung in Massen waren zu unterschiedlich gewesen, als daß einer hier sie hätte zusammenfassen können, immerhin hatte die Verweigerung des Übertritts brutale Gesten. Das zunehmende Sperrbauwerk, damals schon Mauer genannt, fiel grausig aus der Zeit Westberlins heraus, war zurück in der Geschichte, tödlich für Leute ohne Uniform; ihre alltäglichen Bestandteile aus den Lagern des Wohnungsbaus, Mauersteine, Betonplatten und Winkeleisen, flossen mit dem Stacheldraht zu altertümlicher Drohung zusammen. Das passive Verhalten der Besatzungstruppen, insbesondere der weltmächtigen Amerikaner, versprach Unzuverlässigkeit, und obwohl eine unerheblich kleine Kampfgruppe bei ihrer Verlegung nach Westberlin mit unverhältnismäßigem Jubel begrüßt wurde, setzte sich als Beschreibung der Westberliner Lage die Redensart durch: Verkauft sind wir schon, wir fragen uns nur noch, wann wir wern jeliefert sein. Aufträge für die Westberliner Wirtschaft wurden mit anderen Gründen zurückgezogen, viel Großbürgertum verließ die Stadt, und die Zurückbleibenden erwarteten unbestimmbare Verschlechterungen, obwohl die ostdeutschen Machthaber Westberlin lediglich aus den Verhältnissen der eigenen Innenpolitik ausgeschlossen hatten. Auch erhob sich Zweifel an einer westdeutsch orientierten Politik, die ein solches Ergebnis nach sich gezogen hatte. In dieser Lage, die dringend nach massenpsychologischer Therapie verlangte, entstand die weitergesagte Auffassung, nach der der Stacheldraht auf der Krone der Mauer ein westdeutsches Fabrikat sei, verkauft gegen westdeutsches Geld.

Am 17. August rief der westdeutsche Gewerkschaftsbund in Berlin (DGB) auf zum Boykott der Stadtbahn und nahm dabei Bezug auf den Stacheldraht.

Sofort erhob die ostberliner Reichsbahndirektion von Westberlinern den Fahrpreis auch dann in Westgeld, wenn sie im Osten einstiegen.

Die Maßnahme, begründet nur in ihrer Richtung gegen die andere, konnte nicht eine Formulierung abfangen, die vorhandene Empörung kanalisierte, und zwar in der Vorstellung, vernünftigerweise müsse ein schwer angeschlagenes Land noch weiterhin geschädigt werden, dies abgesichert durch die Meinung, einleuchtenderweise sei ein diktatorisches Regime nicht fähig, sich auf Kosten seiner Untergebenen Devisen in ausreichenden Mengen zu verschaffen.

Auffällig genug waren eben die fünfhunderttausend Fahrgäste der Stadtbahn, die zumeist ihres niedrigeren Verdienstes halber auf dies Verkehrsmittel angewiesen waren, für diese Denkart von Ökonomie empfänglich. Am 19. August blieben bereits hunderttausend der Stadtbahn fern.

Es wurden am Bahnhof Zoo auch Leute tätlich angegriffen und als Kommunistenschweine beschimpft, wenn sie an die Fahrkartenschalter traten. Beauftragte des Gewerkschaftsbundes forderten auf Stangenplakaten: »Keinen Pfennig für Ulbricht!«, nämlich den derzeitigen ostdeutschen Staatsratsvorsitzenden, oder: »Die S-Bahn unter Westkontrolle!« und »Jeder Westberliner S-Bahn-Fahrer bezahlt den Stacheldraht am Brandenburger Tor!«

Der DGB erklärte am 20. August, er wollte nicht zu Gewalt gegen Einzelgänger geraten haben. Am 21. standen Plakatträger vor 46 Stadtbahnhöfen. Am 24. August betraten nur noch hunderttausend Fahrgäste die Stadtbahn.

Im Herbst sprach der westdeutsche Gewerkschaftsbund von dreißigtausend Benutzern der Stadtbahn und schloß daran die Bemerkung, ebenso viele Westberliner Stimmen seien bei den Wahlen zum Abgeordnetenhaus für die ostdeutsche Staatspartei abgegeben worden. Trotz ähnlicher Erpressung blieb die Zahl von etwa hunderttausend Fahrgästen am Tag bis 1963 beständig.

Wie beabsichtigt, gingen die Einnahmen der Stadtbahn in Westberlin zurück. Vor der Sperrung hatte man die Fahrgastzahl multiplizieren müssen mit 22 Pfennigen, das hatte einen monatlichen Betrag von zwei Millionen Mark ergeben. Nach der Sperrung verringerte die Verkürzung der Strecken den Multiplikator um einen Pfennig, und der Boykott beschränkte den monatlichen Eingang bei der Stadtbahn auf etwa 600000 Westmark.

Eine Rolle Stacheldraht zu zwölf Metern kostet, bei Abnahme größerer Posten, 4 Mark.

Nicht nur behindert der Boykott die Auffassung der Lage; er beschädigt auch die Gesundheit der Weststadt; ihren öffentlichen Verkehr.

Von einem Tag auf den anderen kamen auf die Westberliner Verkehrsgesellschaft, einen Eigenbetrieb der Stadt, vierhunderttausend tägliche Fahrgäste mehr zu. Das kam einem Faustschlag in ein empfindliches, von Schwächeanfällen heimgesuchtes Gewebe gleich. Die BVG war gezwungen, private Omnibusse zu mieten. Viele kommunale Stadtverwaltungen Westdeutschlands, verschuldet, zuschußbedürftig, schickten Autobusse ihrer Verkehrsunternehmen, mit Fahrer, der Stadt Westberlin zu Hilfe in einer Lage, in die sie sich selbst gebracht hatte. Schneller als kaufmännisch mußte der Wagenpark vergrößert werden. Die rätselhafte Abneigung vieler Westberliner gegen die Untergrundbahn, unaufklärbar, behauptete sich. Es mußten unrentable Buslinien eingeführt werden, deren einziger Sinn in ihrer zeitweiligen Parallelität zu Stadtbahnstrecken lag. Der Zuwachs an Fahrgeldeinnahmen wurde so gründlich verschlungen, daß er das Ansteigen des Defizits bei der BVG nicht im mindesten aufhielt. Will man das Gedränge in den Autobussen, die langen Wartezeiten an den Haltestellen, die Zusammenbrüche der Fahrpläne, die eingeengten Busherden auf den überfüllten Straßen hernehmen als den Puls der Großstadt, so muß man ihn auch als provinziell erkrankt bezeichnen, will man im Bilde bleiben.

Es erweist sich, daß die Stadtbahn, 1882 angefangen als die erste Viaduktbahn Europas und seitdem zusammengewachsen mit der Stadt in achtzig Jahren, nicht zu ersetzen ist. Der Vergleich des Boykotts mit einer Amputation zieht den mit schweren Kreislaufstörungen nach sich.

Als die ersten Argumente zugunsten des Boykotts ermüdet waren, versuchte die Presse ostdeutsche Stacheldrahtgewinne oft zu beweisen mit der Behauptung, die Verkehrsanlagen der Stadtbahn würden nachlässig unterhalten und kaum repariert. Tatsächlich wandte die Stadtbahn 1961 verhältnismäßig geringe Mittel für Reparaturen auf, 1962 jedoch wurden Westberliner Firmen für ungefähr anderthalb Millionen Westmark mit Reparaturen des Oberbaus beauftragt. Allerdings hat die Ostberliner Reichsbahndirektion märchenhafte politische Hoffnungen über kaufmännische Vernunft gestellt, als sie den Fahrpreis von zwanzig Pfennig nicht den tatsächlichen Aufwendungen anpaßte, so daß von den monatlich eingenommenen 2 Millionen Westmark früher ganze 1,95 Millionen auf Löhne und Gehälter gingen. Da ist gar kein Reingewinn möglich. Es können nicht gut Mängel am Zustand der Stadtbahn vorgebracht werden von denen, die diesen Zustand mit Boykott verschlechtern.

Mit ähnlicher Feinheit wird zum Boykott geraten, wenn es heißt, der Betrieb der Stadtbahn sei nicht sicher. Tatsächlich war die Berliner Stadtbahn vor dem Jahr 1939 mit ihren automatischen Streckenblocks die modernste des damaligen Europa. Die Beschäftigung Deutschlands mit dem Krieg verhinderte von da eine ordnungsgemäße Unterhaltung der Anlagen bis heute. Das liegende wie das rollende Gut ist überaltert, und wirklich hat der ungepflegte Zustand des Oberbaus dazu geführt, daß Bahnmeister ihren Dienst nicht mehr fortsetzen wollten, da sie für ein Unglück von dem Westberliner Kommandanten haftbar gemacht werden; es gibt lockere Schwellennägel, die unter den Zügen tanzen, die letzten Wagen schlingern in den wackligen Schienen, es gibt Schienenbrüche, Dauerkurzschlüsse, Motorenschäden, und es gibt die technischen Beauftragten der Kommandanten, die den Betrieb und Verkehr der Stadtbahn als befriedigend abgenommen haben. So bleibt bei diesen Ausstellungen bestenfalls der naive Stolz auf die modernste und leiseste Untergrundbahn in Westberlin übrig, der aber nichts weiß von dem technischen Zustand der Schnellbahnen in London, Paris und New York. Er entspricht dem der Stadtbahn.

Die Stadt Westberlin lebt freiwillig nach den Gesetzen der Marktwirtschaft, ihre Parteien versprechen dem Mittelstand Hilfe und Schutz. Die Kioske, Ladengeschäfte auf den Stadtbahnhöfen sterben einen langwierigen, schweren Tod. Und es ist nicht Ostdeutschland, das daran verliert, sondern die westdeutsche Treuhandstelle für das ehemalige Reichsbahnvermögen, die an solchen Mieten jährlich drei Millionen Mark einbüßt.

Die Sozialdemokratische Partei Deutschlands, die als Partei

am 17. Oktober 1961 zur Fortsetzung des Boykotts aufrief, zahlt als Regierung den etwa 7000 Beschäftigen der Stadtbahn monatlich 40 Prozent des Entgeltes in hier gültiger Währung, da die Ostberliner Reichsbahndirektion nur den 700 Mitgliedern der ostdeutschen Staatspartei 100 Prozent Westgeld zahlt, den normalen Angestellten nicht mehr als 60. Da ostdeutsches Geld nicht konvertierbar ist, müssen diese Zahlungen den Betrieb der Stadtbahn stützen sollen, die es aber öffentlich nicht gibt.

Statt sich selbst an die Absichten des Boykotts zu halten und die durch den Ostsektor führenden Linien der Untergrundbahn stillzulegen, zahlte der Westberliner Senat bisher zwei Millionen Westmark nach Osten, ohne über die Verwendung dieser Summe eine Kontrolle zu haben, wie bei der Stadtbahn gemeint.

Der westdeutsche Gewerkschaftsbund, der der Stadtbahn die zwanzig Pfennig des einen Westberliners nicht gönnt, läßt den andern fünf Mark für eine Benutzung der Autobahn mit dem Wagen entrichten und mehr, bis zu 130 DM für einen Lastwagen. Die ostdeutschen Behörden nahmen seit der Einführung der Straßengebühren im September 1951 bis zum gleichen Monat 1961 etwa 256 Millionen Westmark ein, dazu 2 Millionen Gebühren für Verkehrsdelikte, dazu 60 Millionen Gebühren auf den Wasserstraßen von und nach Westberlin; sie gaben aber für Reparaturen, Brücken, Umleitungen, Deckenerneuerungen höchstens 50 Millionen Mark aus, so daß sie bis dahin einen Reingewinn von 268 Millionen Westmark verzeichnen konnten, dessen Vermehrung die Vertreter des Stadtbahnboykotts nicht antasten, Stacheldraht hin, Stacheldraht her.

Es ist nicht einmal wahr, daß die Stadtbahn dem ostdeutschen Staat gehöre, daß allein dies schon ein Boykott rechtfertige. Die Stadtbahn war ein Bestandteil der Reichsbahn, wie in Hamburg. Das gesamte Vermögen der Reichsbahn wurde nach der deutschen Kapitulation von den alliierten Siegermächten beschlagnahmt. Das Liegenschaftsvermögen auf Westberliner

Gebiet ist einer Treuhandstelle überantwortet. Das Betriebsvermögen der Stadtbahn ist der Reichsbahndirektion in Ostberlin übergeben, da sie mit dem Betrieb und Verkehr der Sadtbahn beauftragt ist. Das Eigentum an der Stadtbahn haben die Stadtkommandanten Westberlins. Demontiertes Material muß im jeweiligen Sektor neu verwandt werden, Verbringungen in andere Sektoren bedürfen der Genehmigung, Verkaufserlöse müssen einem Sperrkonto überwiesen werden. Hatten Sie das Besatzungsstatut vergessen? Und wenn einer wissen will, wohin die Einnahmen der Stadtbahn gehen, beobachtet er am besten die geheimnisvollen Transporte der Groschen in den Westberliner Stadtbahnhof Bellevue. Dort macht sich die Westberliner Verwaltung der Stadtbahn in ihrer Verlegenheit eine eigene Bank. Da sie mit anderen Banken nicht einmal zum Zweck des Sortenwechsels verkehrt, muß sie sich auf lächerliche Umwege verlegen, um die Westberliner Firmen für ihre Arbeiten an der Stadtbahn in hinlänglich großem Geld entschädigen zu können: Wer an einem Fahrkartenschalter einen großen Schein anbietet, bekommt mitunter ungefragt bis zu zwanzig und fünfzig Mark in Messing und Silber heraus, wenn er das tragen will. Das ist das Geld, das angeblich den Devisennöten der ostdeutschen Machthaber aufhilft.

Hier machen sich die politischen Führer Westberlins einen Spaß. Sie machen sich einen unpraktischen Spaß mit Leuten, die kein Auto haben, die nicht genug verdienen für die Tarife der hiesigen Verkehrsgesellschaften, denen der Unterschied zwischen zwanzig und fünfundvierzig Pfennig am Ende der Woche etwas ausmacht, die zeitraubende Umwege auf den Bussen hinnehmen müssen, Schlaf und Kraft verlieren müssen zugunsten der Lüge, damit könne etwas gegen den Kommunismus getan werden. Die Verwaltung Westberlins bestellt sich eine politische Demonstration und läßt sie von den Schwächsten bezahlen.

Wir haben hier eine Stadtbahn, elektrisch, geheizt, für Schnellverkehr. Nachdem die von uns gewählten Regierungen in unserem Namen, gegen unseren Auftrag jahrelang versäumt haben, die Ostdeutschen in den Westen, in den Frieden nachzuholen, sind wir endlich von ihnen getrennt durch verminte Grenzen zwischen den Machtgebieten, durch sichere Kontrollsperren, durch die Unterbrechung der Stadtbahn. Unsere Freunde wohnen wenige Stationen, wenige Minuten auf der Stadtbahn von uns entfernt. Wir dürfen sie nicht sehen. Die Ostberliner Linien umgehen uns, oder die in den Ostsektor führenden Ausgänge sind vermauert. Wir haben in unserer Stadt unbegreifliche Stellen genug, wir haben etwa einen exterritorialen Bahnsteig mitten in Ostberlin, über den wir aus der Nord-Süd-Bahn umsteigen können auf den Bahnsteig der Linie nach Westkreuz, wohin aber unsere Angehörigen, die wir vor dem Bahnhof wissen, nicht können, aufgehalten von Schildern, gekachelten Kontrollzellen, verbauten Aufgängen. Das reicht uns nicht.

Die Folgen des Krieges, den die vorigen Deutschen uns nach Hause geholt haben, schieben wir auf die Stadtbahn. Wir anerkennen sie nicht. Wir radieren sie von der Karte. Und wenn uns jemandes Nase und Auffassung mißfällt, schicken wir ihm anonym eine Stadtbahnfahrkarte, damit er uns in den Osten verläßt mit seiner miesen Nörgelei an der Verschworenheit der Gemeinschaft. Hierin folgen wir der großen Politik unserer Seite. Da wir nichts tun können, tun wir zumindest dies. Nicht um den doppelten Preis würden wir damit fahren. Wenn wir hören, daß Überfälle und Notzuchtverbrechen jetzt nicht mehr nur auf Schuttplätzen und unbeleuchteten Straßen vorkommen, sondern auch nachts in der veröldeten Stadtbahn, haben wir es kommen sehen. Dies alles tun wir in der Meinung, Ostdeutschland zu schädigen. Dazu haben wir den vernünftigsten Grund, sind dort doch unsere Liebschaften, Verwandtschaften, auch Brüder und Schwestern. Wir hacken uns ein Bein ab, wenn es uns paßt! – und sollte es die Stadtbahn sein. Wer weiß, wozu wir nächstens fähig sind. Für diese unsere Haltung lassen wir uns loben von der westlichen Welt, auch diese unsere besondere Lebensweise lassen wir die Westdeutschen mit ihrem Geld unterstützen. Wir lassen uns tapfer nennen, instinktsicher, unbe irrbar. So blicken wir in die Zukunft, mit solcher Klarsicht denken wir sie zu überstehen. Tatsache.

Nur manchmal... nachmittags, wenn die Busse im Schritt hintereinander herfahren, voll bis zum Dach, gegen Monatsende, wenn uns die fünfzig Pfennig für den Fahrschein zum zweifachen Umsteigen schmerzen, wenn es für ein Taxi schon lange nicht reicht, wenn wir dennoch aus dem Süden in den Norden müssen binnen zwanzig Minuten... manchmal erinnern wir uns der Stadtbahn, die auf eigenen Gleisen, ungekreuzt, eilig die Ecken und Enden unserer Stadt verbindet. Wir wußten von ihr. In den Restaurants unter ihr zittern Gläser, die Musik scheint in ihrem Dröhnen zu ersticken. Auf den Brücken sahen wir unsere alte Farbe: über einem Rot ein Gelb, klirrende Durchfahrt. In den Unterführungen erschrecken die jungen Hunde, Kinder fühlen Kopfschmerz. Nachts hörten wir das atmende Bremsen und Anfahren, singende Beschleunigung. Wir hatten aber den Verkehr mit ihr abgebrochen, jetzt gehen wir befangen auf sie zu, wie auf einen Geächteten, als stießen wir auch uns aus. An den Eingängen der Bahnhöfe, auf Brücken zeigen grüne Transparente das weiße S: Stadtbahn. Dann hatten wir uns doch nicht vorgestellt, daß die Ladengeschäfte mit Bohlen vernagelt, zugestellt sind, und zwar nicht wegen Krankheit, Todesfall, Alter, sondern unseretwegen.

Oft sind die Fahrkartenschalter geschlossen, die Karten werden am Eingang des Bahnsteigs verkauft und gelocht, wir finden uns nicht gleich zurecht. Wir wundern uns über die entgegenkommende Freundlichkeit der Beamten, die dazu früher keine Zeit hatten, und wir erinnern uns, daß wir ihre Arbeitsstelle verfemt hatten. Wir brachten auch zuwege, daß die Züge seltener fahren, kürzer sind, an geschlossenen Stellwerken vorbei. Auf den Reklametafeln sehen wir die großen Firmen und Kaufhäuser unparteiisch mit uns rechnen, obwohl wir jetzt Verräter sind. Ein Maler streicht von hoher Leiter das Innere des Bahnsteigdachs, das hat man uns anders gesagt. Es stehen tatsächlich einige Leute auf der Plattform. Die Blicke gehen aneinander vorbei. Wir müssen lediglich Geld sparen, wir haben es bloß eilig, wir möchten nicht verachtet werden als Parteigänger der Institution, die all die Hunderttausende meiden wie aus einem guten Grund. Da wir der Stadtbahn ostdeutsche Staatsgesichtszüge aufgezwungen haben, könnte der Mann neben uns, jeder andere Fahrgast ein Parteigänger sein. Fast wäre uns ein Schläger lieber. Was sagt man dem, wenn er jetzt gleich was sagt. Es wird wenig gesprochen in den Abteilen, sie sind regelmäßig leer, und auch nach Ende der Arbeit kommt es nur zu zwei Leuten auf einer Bank, nicht zu Nachbarschaften. Dies war früher ein belebter Teil der Stadt. Wir ließen ihn krank werden, als hätten wir's dazu, gaben ihn auf, als sollte sie es nicht mehr lange machen.

Versuch, über unsere Stadtbahn eine Kurzgeschichte zu schreiben: Da kommt also am Sonntagnachmittag Frau Poggenrath zu Besuch bei ihrem Sohn. Sie kann mit seiner Frau nicht recht, die fremde Familie ist schwer niederzuleben, aber seit da der Enkel ist, sagt Frau Poggenrath doch immer: Ich will die Kinder ja nicht aus den Augen verlieren. Vorsichtig prustend steigt sie die glatte Betontreppe hinauf, hält inne auf den Absätzen, sieht ein neues Namensschild, danach wird sie am Kaffeetisch fragen. Man muß sich immer etwas zum Reden mitbringen bei Leuten, die was anderes leben. Seufzend legt sie die Hand wieder aufs Geländer und zieht sich höher. Mit Wasser in den Beinen, da lauf einer. Sie steht vor der Tür, es ist ihr Name, sie ist bewegt. Die Arme werden ihr lahm beim Zurechtrücken des Hutes. Jetzt ist sie nicht mehr kurzluftig, jetzt wird sie klingeln. Der Enkel öffnet, fünf Jahre ist er alt, er sieht ihrem Mann so ähnlich, vielleicht wird es an diesem Nachmittag keinen Streit geben. – Au fein! sagt der Knabe, ruft in den Flur: Omi ist da! Frau Poggenrath hört das schwere Ausatmen ihrer Schwiegertochter, sie lächelt in abknickenden Mundwinkeln, wenigstens freut sich das Kind. Gewiß sieht das aufgeweckte Kind der Omi mit Wohlwollen entgegen, weil sie etwas mitbringt, leider, aber es sieht doch wenigstens so aus. Nur, heute hat sie nichts, gestern war Festtagsputz, sie wollte noch einmal über die Straße und dem Kind diese Bilderbücher kaufen, die sein Vater aber nicht haben will, o Gott, die Treppen, und dann hat sie es vergessen. Der Blumenladen an der S-Bahn ist nun auch schon die fünfte Woche zu, was mag bloß mit den Leuten passiert sein? Ja, ihr kommen neuerdings so Abwesenheiten, sie muß gewiß noch zum Arzt, und was recht ist, soll Gewohnheit bleiben, heute hat sie nur etwas zu überreichen als Versprechen für den nächsten Sonntag. Und sie gibt dem Kind ihre Stadt-bahnfahrkarte. Hat sie dem Knaben mitgebracht, zum Spielen wird es schon reichen. – Woher haste'n die? erkundigt der Knabe sich, er kann sie zwar gebrauchen, aber die Herkunft muß geklärt sein. Frau Poggenrath erklärt verwirrt: woher soll sie die wohl haben, von der S-Bahn doch. – Aber das darfst du doch nicht, Omi! sagt der Enkel vorwurfsvoll, und Frau Pog-genrath weiß sich kaum zu lassen, Kinder haben manchmal so sonderbare Einfälle, man kann sie gar nicht so rasch verstehen, und jetzt wollen wir die Geschichte fortsetzen. Nein, der Junge ruft und petzt es seinem Vater, daß Omi mit der Stadtbahn ge-kommen ist. Darum geht es uns doch nicht, hören Sie mal. Ins Wort fällt uns leider der junge Herr Poggenrath mit der Erklä-rung, bei uns fahre die S-Bahn nur herum, um Geld zu holen für Stacheldraht. Da irrt der gute Mann, zum Beispiel laut Or-dre 217 der Alliierten Kommandantur, da ist er falsch berichtet, sollen wir denn tatsächlich beginnen von vorn? Frau Poggen-rath steht immer noch unter der Tür. Jetzt wehrt sie sich auch noch! Warum dürfte sie etwa nicht mit der Stadtbahn fahren, seit vierzig Jahren kommt sie auf der in die Stadt, was soll der Witz, was soll sie mit ihrer Rente, ihren kranken Beinen im Bus? Darum geht es uns nicht, die Geschichte will ganz woan-ders hin, sie bleibt aber stecken in dem Streit, der den ganzen Nachmittag währt bei Kaffee und Kuchen über die Stadtbahn, und insgeheim schiebt Frau Poggenrath alles auf die Schwie-gertochter, die hat aber kaum was gesagt. Wer will denn da er-zählen.

Wer möchte da erfinden. Nein, da sind wir doch lieber mit un-serem Funkwagen, mit unseren Kameras und westdeutschen Gästen, mit unserer Reportage an den Innsbrucker Platz gefahren, sitzen friedensmäßig im September auf der Terrasse und bestellen uns ein gut geschenktes Bier. Wir erklären Ihnen die Situation am Beispiel des Verkehrs. Auf der Fahrbahn sehen Sie drei Reihen Autos nebeneinander vor der Ampel warten. Die Schlangen stehen bis zum Anfang des nächsten Blocks. Über den Zebrastreifen schwemmen Ströme von Fußgängern, die auf dem breiten Trottoir verrieseln, an der Bushaltestelle dicke Klumpen bilden und vergrößern. Der erste Bus nimmt nur drei Personen auf, der Schaffner schwitzt, schreit. Betrachten Sie weiterhin den Kreisverkehr, in den aus allen Richtungen Autos einfallen. Die Glastüren des Untergrundbahnhofs schwenken unablässig hin und her zwischen den Fahrgästen. Im ausgezehrten Himmel sehen Sie blitzend ein Flugzeug herankommen, ausgebucht, voll besetzt setzt es schräg zur Landung an. Im Hintergrund der Szene läuft leise rasselnd die Stadtbahn aus der Halle über die Brücke. Die Fenster zerhacken das Gegenlicht. Die Stadtbahn ist leer.

(1964)

Das soll Berlin sein

Antwort auf Zuschriften

Dies geht auf jene Argumente in den Leserbriefen zu meiner Darstellung des Boykotts gegen die Westberliner S-Bahn, die sich zusammenfassen lassen in dem Satz: Wir fahren nicht mit der kommunistischen S-Bahn, obwohl es uns nichts nützt, weil es dem Osten schaden könnte, der Mauer wegen, und das, sehn Sie, soll Berlin sein.

Es fängt an damit, daß ich ein Berliner nicht sei, weil mein Artikel die Gelegenheit versäumte, auch noch bei diesem Anlaß zu unterscheiden zwischen der ursprünglichen Stadt- und Schnellbahn zwischen West- und Ostkreuz, der Ringbahn, der Nord/Südbahn und der Vorortbahn. Dazu verweise ich auf das Heft 52 vom 24. Dezember 1930 der Zeitschrift »Die Reichsbahn« (Seite 1322): »Die Berliner Stadt-, Ring- und Vorortbahnen werden künftig kurz S-Bahn heißen. Die Reichsbahn beabsichtigt, soweit es die knappen Mittel gestatten, nach und nach Tafeln und Transparente anzubringen, auf denen das weiße S auf grünem Grunde weithin leuchtet.« Hinzugefügt sei die Versicherung, daß ich den Übergang einer Fahrt von der Zehlendorfer auf die Wannseebahn zu erkennen weiß, wie auch die Annahme, daß es dies Mal nicht geht um den Gebrauch solcher gewichtigen Verästelungen des Systems, sondern um den Mißbrauch des ganzen.

Der Mauer wegen. Es mag eine verbreitete Auflage sein, bei jedem Westberliner Gegenstand von der Mauer, Schießbefehl und Schießereien zu sprechen, als seien die Zonengrenzen nicht auch verdrahtet und vermint und beschossen, und zwar schon länger; erst recht bei so was Ostdeutschem wie der S-Bahn. Das mag Manchem passen, bei der S-Bahn in Westberlin paßt es nicht. Zwar hatte sie schon bei den ersten Teilungen Berlins ein unbestimmtes ostdeutsches Aussehen: weil mit ihrem Betrieb und Verkehr die Ostberliner Reichsbahndirektion beauftragt war, weil 1949 die Westberliner Eisenbahner die Ostberliner Verwaltung bestreikten auf Entlohnung in Westmark, weil sie schäbig gehalten wurde bis vor kurzem. Weil sie benutzt werden konnte zu einem Preise, der ostdeutsch aussah (in Wirklichkeit aber aus dem Preisstop rührte, den die Hitlerregierung 1944 verordnete und den die ostdeutsche Verwaltung übernahm, weil sie eben so wenig über einen offenen Markt verfügt); weil ein Westberliner Senator Busse zur Verfügung stellt, wenn seine Bauten den S-Bahn-Betrieb unterbrechen, und nämlich zu dem befremdenden Fahrpreis von 20 Pfennigen. Ostdeutsch schien sie, weil die Alliierten nicht auf jedem Buchstaben ihres Hoheitsrechtes bestanden und ostdeutsche Transportpolizei zuließen. Weil Gerüchte von Entführungen sich hielten. Schließlich, weil die Alliierten 1961 zwar den ungehinderten Verkehr in der Luft und auf den Autobahnen zu »essentials« erklärten, nicht aber den auf der S-Bahn. Tatsächlich aber gehörte und gehört die S-Bahn in Westberlin den Westberliner Stadtkommandanten, und die so genannte Mauer gehört den so genannten ostdeutschen Machtinhabern; und auch nicht der Boykott bringt beide in ein gemeinsames Grundbuch.

Es ist auch nicht gleich, pardon, Demagogie erwiesen, wenn man den Aufruf zum Boykott der Westberliner Stadtbahn in Beziehung setzt zu den Geldern, die die ostdeutsche Kasse weiterhin einnimmt auf den Autobahnen, Wasserstraßen, aus der Weiterführung von U-Bahn-Linien durch den Ostsektor; denn ist nicht die ausgesprochene Absicht des Boykotts, Ostdeutschland zu schädigen, wo es geht und überall? Allerdings war dieser Gedanke nicht so edel und ungebrochen wirklich zu machen, wie DGB und SPD ihn vortrugen, er hat sich nämlich gleich gestoßen an der Realität, von der ja nicht einmal Briefe angenommen werden: ein Boykott der Autobahnen wäre ihr Verlust. Ein Boykott der U-Bahn-Linien im Ostsektor wäre ihr Verlust. Den Verlust der S-Bahn glaubten DGB und SPD den Westberlinern zumuten zu können; es ist wohl erlaubt zu zweifeln, ob wir es denn dazu haben im Defizit der Westberliner Verkehrsgesellschaft; ob wir überhaupt in der Lage sind, jemanden zu schädigen; ob die Beziehungen zwischen den Städten Berlin nicht weniger zerschossen würden, wären wir nicht so aus auf die leere Gebärde des Schädigens. Und zudem ist zu befürchten, daß der Boykott das Eigentum der Westberliner Stadtkommandanten an der S-Bahn aushöhlen könnte, daß die Westberliner sich allmählich des Rechts auf ihre eigene Stadtbahn begeben, je länger sie sie boykottieren.

Verglichen mit den ostdeutschen Einnahmen auf Autobahnnen, Wasserstraßen, aus der U-Bahn sind die finanziellen Einbußen durch den Boykott der S-Bahn verhältnismäßig unerheblich; erreicht wird nur, daß der ostdeutschen Wirtschaft noch mehr Devisen entzogen werden müssen für den Zuschußbetrieb Westberliner S-Bahn. Wieso ist das eigentlich ein Grund zur Schadenfreude? Wen schädigen wir denn? Die Beamten Ostdeutschlands zahlen sich ihr Gehalt nicht in West, und Devisen sind nicht nur gut für Spionage und Propaganda, man kann damit auch einkaufen für die Wirtschaft und Versorgung jener Leute, von denen es gelegentlich heißt, sie seien unsere Brüder und Schwestern, und man müsse ihnen helfen. Wer weiß, was die Bundesregierung sich gedacht hat mit den Lieferungen im Interzonenhandel, was sie sich denkt mit ihren Kreditangeboten; denkt Westberlin besonders?

Wahrhaftig, es gibt die Unterstellung, der Boykott der S-Bahn sei ein Beispiel für ein besonders berlinisches, politisch vernünftiges Verhalten. Nun ist aber von den beiden Organisationen, die zum Boykott aufriefen, niemals die absurde Behauptung zurückgenommen worden: es seien die S-Bahn-Einnahmen, die die Mauer bauten. Das Vertrauen in die Glaubwürdigkeit von DGB und SPD wird doch wohl allgemeiner sein, und die Westberliner meiden die S-Bahn doch wohl aus Vertrauen zu ihrer Presse, die zwar den Aufruf zum Boykott brachte und unterstützte, aber unterließ, ihn abzusagen. Es scheint mir eine Beleidigung für die Einwohner dieser Stadt, wenn man ihnen nachsagt, ein jeder sei sich klar über die Fruchtlosigkeit des Boykotts, klar über dessen Bosheit gegen die Bevölkerung Ostdeutschlands – und boykottiere trotzdem.

Es gibt Leitartikler, die solche emotionale Sturheit für Einsicht halten; es gibt aber auch eine andere Art berlinischen Verhaltens, die eher den Namen Vernunft verdient, nämlich ein unbefangenes, nüchternes Erkennen der vorhandenen Lage, dem Zahlen nicht zu unfein sind.

(1964)

Nachtrag zur S-Bahn

Die Berliner S-Bahn habe ich gelernt an den Linien, die sie den Reisenden vor die Stadt entgegenschickte. Immer wieder, wenn die bulligen Wagen an den Fernzügen entlangrasselten, bei Hohen-Neuendorf oder am Grünauer Kreuz, sah man den Berlinern im Abteil das Ende des Heimwehs an. Für sie war die S-Bahn die erste Begrüßung mit ihrer Stadt, jetzt waren sie wieder zu Hause, nun ging es los mit Berlin. Und es war die S-Bahn, die den Zuwanderer bekannt machte mit der Stadt. Sie zog ihn aus den Fernbahnhöfen in die städtischen Provinzen, mit ausstrahlenden Radialen und einem riesigen Ring, so brachte sie ihm einen räumlichen Begriff dieser Gegend bei, bevor sie ihn entließ nach Köpenick, nach Friedenau oder, leider, nach Marienfelde. Das war früher, da hielt die S-Bahn auch noch die zerstrittenen Städte Berlin zusammen, da lag Baumschulenweg neben Köllnische Heide und Staaken bei Spandau. Nun ist der Ring zerbrochen. Die Vorortlinien, die Einladungen der Stadt an die Städte, an Potsdam, Oranienburg, Königs Wusterhausen, sind abgesagt. Mitten in der Stadt enden Geleise an Prellböcken, da sind echte, wirkliche, tatsächliche Bahndämme weggeräumt, und kein Fremder glaubt uns, daß auf solchen sinnlosen Erdwülsten eine Schnellbahn hinüberging. Wem das noch nicht reicht, dem zeigen wir einen exterritorialen Bahnsteig mitten in Ostberlin, wo wir aus der Richtung Nord-Süd nach Westen umsteigen, wohin aber unsere Freunde, womöglich auf dem Bahnsteig daneben, nicht können, und auch die Sicht auf sie ist zugebaut. Die S-Bahn muß das Ihrige tun, um uns an die Lage der Stadt zu erinnern. Aber sie ist ein Teil, ein lebendes Glied der Stadt geblieben, auch der halben Stadt. Es ist ja nicht nur, daß uns die Eisenbahn fehlt, und die S-Bahn dafür aufkommen muß mit einer halben Stunde Reisegefühls von einem Zaun zum anderen, auf den Doppelbänken von damals. Nach wie vor erkennen die alten wie die neuen Berliner einander daran, daß sie nicht von der Stadtbahn reden, wenn sie in der Ringbahn sitzen, und wer den Unterschied nicht kennt zwischen der Zehlendorfer und der Wannseebahn, der muß von auswärts sein. Die S-Bahn gehört zu unseren Intimitäten. Das ist unsers, das Rätselraten über den besonderen alten Farbton rund um die Wagen, das Dunkelkarmin, das Ochsenblutrot, das behäbige Gelb darüber. Wir erkennen das Geräusch ohne Nachdenken, die klirrende Durchfahrt, nachts das atmende Bremsen und Anfahren, singende Beschleunigung. Die grünen Transparente an den Brücken und Bahnhöfen, das weiße S: Stadtbahn: es gehört uns, wir wissen wo wir sind. Die weiten Bahnsteige gehören zur Landschaft der Stadt, und da wird auf uns gewartet. Wir sind an sie gewöhnt, so daß uns das Ausrufen von Station und Abfahrt lieber war als die Abfertigung durch Funk. Wir sind da vertraulich bis zur Aufsässigkeit, sie will uns das Rauchen abziehen, und wir rauchen doch. Die Stadbahn, ihre gußeisernen Pfosten, ihre Gewächshausaufgänge, ihr verjährtes Emaille, es hält uns die Vergangenheit der Stadt im Gedächtnis. Und wir sehen sie immer, und aus ihren Fenstern sehen wir die Stadt: hier ist ein Fensterplatz noch was wert. Es gibt Leute, die wollen sie abschaffen. Es gibt andere, die wünschen sich die alten Zeiten neu und mehr vernünftig, eine Zeit mit Fahrkarten von überallher, darauf steht nicht bloß Berlin Ost oder Berlin West, sondern: Berlin Stadtbahn. Da ist die Wahl leicht.

(1970)

Rede zum Bußtag

19. November 1969

Ich lebe in einer Berliner Straße, aus der die Bomben drei Miethäuser herausgetrennt haben, gegenüber der einstmals leeren Fläche, auf der die evangelische Kirche ein Haus für den Dienst an Gott und eins für die Geselligkeit hat hochziehen lassen, in einer recht modeseligen Auffassung von Baukunst, und nicht nur die auswärtigen Besucher stehen versonnen an meinem gemieteten Fenster und sprechen unverhofft von einem Ski-Übungshang. Dennoch sind unsere Beziehungen zu dieser Niederlassung Gottes verblüffend innig. Das kommt von dem frei stehenden Glockenturm, der, besonders am Freitag, zu oft knalligen Lärm in die Schallkanäle zwischen den vierstöckigen Häusern drückt, die Fenster dröhnen macht und nicht nur Kleinkindern Ohrenschmerzen bereitet. Einer Fluggesellschaft würde die Bürgerschaft zumindest fahrlässige, wahrscheinlich vorsätzliche Körperverletzung vorwerfen. Aber diese Körperschaft des öffentlichen Rechts nimmt ein jungmädchenhaft gekränktes Wesen an, wenn man sie behandelt wie eine Körperschaft des öffentlichen Rechts, und ich habe nicht angefangen, Unterschriften zu sammeln. Und wenn diese Kirche nicht nach mir ruft in ihrer grobianischen Manier, traue ich mich in ihre Nähe und lese die Ankündigungen im Schaukasten, die Farblichtbildervorträge über die Seilstraßenbahnen in San Francisco oder die Erstickung des Individuums in den Zwängen und Isolierungen der modernen Industriegesellschaft, mit Diskussion, und bin regelmäßig verdutzt durch die Hartnäckigkeit, mit der dies Institut die feuilletonistischen Entwicklungen verfolgt, nicht nur in der Architektur, auch in der zeitgemäßen Reform seines Betriebsauftrags, der in der Erklärung der Welt für Mitglieder und Schwankende besteht. Und wie viele meiner Nachbarn drücke ich meine Hochachtung schweigend aus, und gehe nicht hinein.

Vielleicht sollte die Kirche es billiger geben.

Einmal, es kann dem Bürger nicht ungemein schmeicheln, daß die Kirche für nötig hält, ihn zu ködern mit bunten Bildern aus Kalifornien, womöglich mit dem passenden Schlager (I lost my heart in San Francisco), damit sie ihm gelegentlich mehr grundsätzliche Andeutungen über seine Lage machen kann. Zum anderen, der Bürger befindet sich gewiß unter den Bedingungen der Wettbewerbsgesellschaft, die die Kirche ihm bei solchen Anlässen als theoretische Hochebene hinzeichnet; Ratschläge müssen ihm willkommen sein, selbst unberechnete. Aber das Individuum im Bürger, um das die Kirche sich die besseren Sorgen macht, hat womöglich mehr einfache Fragen, etwa die, warum es denn zustandekommt, und warum nur für unsere begrenzte Zeit. Nun zählt die Kirche sich zu den wenigen Beratungsfirmen der Erde, die der Welt und dem Leben in der Welt ein System von Erklärungen gegenüberstellen könnten, demzufolge ist der Bürger ausführlich bedient mit der christlichen Sicht auf die Sexualerziehung, die Beatles und die Minoritätenprobleme in Bessarabien, aber wenn es um die Beendigung der individuellen Existenz geht, ist die Äußerungssucht der bescheidwisserischen Instanz eingetrocknet zu trüben und ungreifbaren Formeln, widersprüchlich und widerwillig abgegeben.

Dabei ist das Individuum, noch ehe es ideologisiert ist, eine Voraussetzung für mögliche Verhältnisse eines Gottes. Denn jene Stelle im Bewußtsein, in der eine eigene und abgetrennte Anwesenheit im Leben zusammengefaßt wird zum Ich, muß ja nach christlicher Deutung eigens stark und unabhängig werden, ehe es überhaupt ein echter Partner für den Gott werden kann, ein Subjekt, dessen Entscheidungen gegen oder für Wünsche des Gottes durch Bindung an kalkulierten Entschluß und Willen überhaupt erst Gewicht bekommen sollen. Warum nun wird dies Individuum nach wenigen Jahren vernichtet, wenn es womöglich eben erst den komplizierten Anforderungen des hypothetischen Verhältnisses zupaß gewachsen ist? Der natürliche Tod ist ein Vorbehalt, den die Kirche der individuellen Verantwortlichkeit entzieht und für den Gott reserviert, und sie spricht von einer gütigen Einrichtung, wo das Individuum zwangläufig Grausamkeit und Enttäuschung empfinden muß. Daher ist der christliche Tod nicht begreiflich, und wo jugendliches Vertrauen sich einen Notausgang sucht in die ausnahmsweise persönliche Unsterblichkeit, vermag das Alter wenig gegen die Klage: warum denn eine solche persönliche Möglichkeit, Schmerz und Genuß zu empfinden, überhaupt erst wachgemacht worden ist. Und warum, wenn man hier eine begrenzte Leidensfähigkeit des Menschen gütig aufgehoben sehen will durch das Verscheiden, warum ein Verscheiden mit Vorbereitung? Warum die Beschwerden des Alters, warum das Abnehmen mit Schmerzen, das Sterben unter Qualen, alles als Vorwarnung und Einstellung auf einen Abschied, der dadurch das Wesen einer Strafe und Züchtigung annimmt? Denn der bevorstehende Ort ist schrecklich. Wenn man das bürgerliche Zeremoniell bei Beerdigungen abzieht, bleibt es die Erde, also ein Ort ohne Bewußtsein, ein Defizit. Außer in Worten läßt sich jenes individuelle Zentrum, von der Kirche die Seele genannt, abgelöst nicht halten, ausgenommen im Gedächtnis Überlebender, denen in manchen Fällen immerhin die persönliche Anwesenheit der Abgeschobenen lieber wäre. Es mag egoistisch sein, daß Einer sagt, er werde sich doch sehr fehlen, aber warum soll er nicht sich zurückziehen auf seinen eigenen Verlust, wenn der Partner Gott sich den selber zufügt. Hierzu sind die Erklärungen der Kirche nicht annehmbar. Ich weiß von einer alten Frau, die ihren Vertrag mit Gott, so wie er von der pommerschen Landeskirche aufgesetzt war, bis zum Schluß erfüllt hat, sie hat nicht mal mit dem Eiergeld gemogelt, sie war auch darin mit der Bibel einig, daß siebzig Jahre genug sind, aber sie hat sich erkundigt, als sie noch zwei Stunden hatte, ob sie jetzt ins Paradies komme. Es ist ihr mit Ja beantwortet worden. Das ist nach den neueren Streitigkeiten in der evangelischen Theologie eine nicht unbezweifelbare Antwort. Das Paradies ist verlegt worden, oder sein Name steht nicht mehr dafür. Jetzt liegt die Frau verrottet zwei Meter tief in der Erde und hat ihre zwei letzten Stunden gelebt mit einer falschen Antwort von einer Auskunftsbehörde, die sie für unfehlbar halten mußte und die ihre letzte war. Hier wird mir die Belehrung zuteil, daß die Kirche den Anspruch auf ein solches Letztes Wort nicht erhebe, oder nicht mehr. Jedoch erweckt sie den Eindruck, und durchaus heutzutage. So hat die Evangelische Kirchgemeinde zu Schöneberg in Berlin einen Schaukasten unter der S-Bahn am Innsbrucker Platz hängen, für die mehr grundsätzlichen Bekanntmachungen, die eines bestimmten Termins nicht bedürfen. Dort konnten Sie seit dem Sommer, bis in den späten Oktober hinein, ein Plakat besehen, das zu drei Vierteln schwarze Farbe zeigte. Unten in dieser Mitte all dieses Schwarz' war ein weißes, wenn Sie wollen ein erleuchtetes Viereck, und darin stand hübsch schräg und dekorativ ein Sarg, kein überaus elegantes Modell, beileibe nicht so schick wie die für Überführungen im Flugzeug, aber auch kein billiges Stück, so mit Schmuckrillen und eingefrästen Pflanzensymbolen. Der beleuchtete Raum in der finsteren Erde war also das Grab, und das Licht, in dem der sehr saubere und ganz heile Sarg ausgestellt war, kam von oben, nämlich in der Form eines Blitzes, und der Blitz verdankte seine Leuchtkraft dem oberen weißen Rand des Plakats, weil der die Worte trug »Des Herrn Wort ist wahr, und was er zusagt, das hält er«. Was könnte das bedeuten sollen? (Da ist ja nicht eine Bibelstelle angegeben, sondern die grafische Agentur.) Es ist ein Versprechen, unter anderem, es werde im Grabe hell sein, oder werden, zumindest außerhalb des Sarges, der bekanntlich verschraubt oder vernagelt ist. Andererseits, man kann auch etwas Fürchterliches versprechen oder zusagen, und so, als eine Drohung, ist dies Plakat bei einer Umfrage unter Freunden denn auch verstanden worden. Hier hat sich nicht eine Werbefirma im Geschmack vergriffen, hier hat eine Kirche mit ihrem Bescheidwissen renommiert, mit einer Kompetenz, deren unverbindliche Formulierung ihr ausgedehnte Weiterungen vorbehält. So billig sollte die Kirche es nun wieder nicht geben. Es ist nicht witzig, hier noch zu unterscheiden zwischen der Kirche überhaupt und einem punktuellen

Versagen ihres Personals. Für den Laien ist die Kirche, schon wegen der Unverrückbarkeit ihrer Baulichkeiten, eine einzige, ganze, zusammengefaßte Größe. Hier drängt die Kirche sich ein in die metaphysische Notlösung, die das Individuum sich mühselig genug und aus eigenen Kräften für den Fall seiner eigenen Vernichtung zusammenbasteln muß, und wem das nicht lästig ist, dem ist das eine Belästigung, mitten auf dem Bürgersteig. Wäre es da nicht besser, die Kirche verzichtete darauf, uns bei dieser Amtshandlung mit der Ursache des Sterbens zu vermitteln, und beschränkte sich darauf, zwar nicht die Abgehenden, aber die anderen am Grabe bürgerlich zu trösten?

Es wäre nicht viel besser. Denn die Kirche hat ihren Anspruch als Sachwalterin des Lebens, des Schutzes von Leben, regelmäßig aufgegeben zu Gunsten der Geschäftsverbindung mit der jeweils regierenden Gewalt. Ihre Funktionäre kommen nach dem Ende des Krieges zusammen zu einem Stuttgarter Sühnebekenntnis und legen schriftlich nieder, sie hätten »nicht mutiger bekannt, nicht treuer gebetet, nicht brennender geliebt«, was ins Gemeindeutsch und ins Positive übersetzt bedeutet, daß sie dem Hitler die Soldaten kampfesmutig gehalten haben mit ihrem Segen, und wenn da militärisches Gerät auf dem Kasernenhof stand, galt der Segen eben auch dafür, und für die Feldkriegsordnung. Und richtig, kaum waren ein paar Jährchen vergangen, da bestellten sie einen Bischof für die Militärseelsorge in der westdeutschen Bundeswehr, der heißt Hermann Kunst. 1959 hieß es noch nur, in theologischer Sprache, es sei eine »heute noch mögliche christliche Handlungsweise«, »durch das Dasein von Atomwaffen einen Frieden in Freiheit zu sichern«, durch das *Dasein* von Atomwaffen (8. Heidelberger These). 1969 führt Herr Kunst schon geheime Verhandlungen mit dem Militärministerium der Bundesrepublik und schränkt das Grundrecht auf Wehrdienstverweigerung insofern ein, als natürlich erst einmal der Bedarf an Soldaten gedeckt werden müsse und die Unwilligen bestraft werden sollen mit einem Arbeitsdienst auf längere Zeit, als die zum Töten bereiten Typen ihn ableisten müssen. Wenn hier eine Sorge um das Militär vorliegt, so richtet sie sich offenkundig auf etwas anderes als die Seele. Die Kirche will eben auch überleben und siegen mit dieser Armee. Sie mag nicht verzichten auf ihr Ansehen als Immobilienhändlerin, Wertpapiermaklerin, Dollarmilliardärin, Körperschaft des öffentlichen Rechts, indem sie das Bündnis mit dem Staat aufkündigte; lieber nimmt sie sich die Lizenz, ihren Angehörigen beim Sterben für diese Art des öffentlichen Rechts behilflich zu sein.

Und die abweisende Haltung der Kirche gegenüber der Armee der DDR beweist nicht etwa Tapferkeit, sondern daß sie da nicht erwünscht ist mit militärischer Seelsorge, unter anderem auch, weil sie immer noch nicht sich hat lösen können aus der traditionellen Frontstellung, wie sie im Währungsgebiet der Westmark fortgesetzt wird. Offenbar ist es ein Problem nur für die extravagante Theologie, wieso ihr heikler Begriff von »Freiheit« ausgerechnet mit der Freiheit des Kapitalismus zusammenfällt, statt mit dem Freiheitsbegriff der sozialistischen Idee; ein Laie wäre damit wohl überfordert. Allerdings, da die Kirche in der DDR unter dem Druck der gesellschaftlichen Umformungen eine Intensivierung ihres Gemeindelebens erfahren haben mag, werden wahrscheinlich auf der dortigen Seite prozentual mehr gläubige Christen fallen als auf dieser, wenn auch ohne Pfarrer im Felde. (Und es ist ein Argument nachzureichen, mit dem evangelische Vertreter dort einander den Rücken stärken: Die Partei wisse nichts gegen den Tod. Never say die.) Wie weit die Identifizierung der Kirche mit früheren Geschäftsfreunden gehen kann, zeigt ein Vorfall in der DDR im Jahre 1957. Da starb die neunzehnjährige Edeltraut Andersson in dem westmecklenburgischen Dorf Holthusen an Lungentuberkulose. Der Probst Maercker aus dem Kirchdorf Pampow verweigerte Besuche, als das Mädchen noch lebte, mit der Begründung, sie solle erst einmal den Konfirmationsunterricht nachholen, den sie wegen der »Jugendweihe« versäumt habe. Die Jugendweihe ist eine pseudoreligiöse Einführung in den Vulgärmarxismus und die Pflichten des Staatsbürgers in Ostdeutschland. Entsprechend betrachtete der Rat der Evangelischen Kirche in Deutschland die Teilnahme an dieser Zeremonie als Absage, und als einen Grund für den Entzug der kirchlichen Rechte. Edeltraut Andersson war offenbar zu krank, um noch rasch den Konfirmationsunterricht nachzuholen, denn sie starb in diesem Oktober 1957. Probst Maercker erwischte sie aber doch noch, indem er ihr eine kirchliche Bestattung verweigerte. Der Vater Andersson war Mitglied der evangelischen Gemeinde, und der Friedhof wurde auch von seiner Kirchensteuer unterhalten. Der Probst verweigerte weiterhin die Aufbahrung der Tochter in der Friedhofskapelle des Kirchdorfs, mit der Begründung, Leichen dürften nicht an gottesdienstlichen Stätten liegen. Das wissen wir besser. Dann verweigerte Probst Maercker eine Aufbahrung, indem er sich auf seuchenhygienische Gründe berief, wegen der Lungenschwindsucht. Schließlich ließ er der Mutter durch den Totengräber eröffnen, daß das Mädchen nicht in der Reihe, sondern abseits am Zaun beigesetzt werden müsse. Damit hatte die Kirche sich endlich vergangen gegen eine Vorschrift für das Gebiet der mecklenburgischen Landeskirche von 1922, die die Armesünder-Ecken aufgehoben hatte. Das Mädchen wurde ordentlich begraben, denn nun griff die Staatsmacht ein und verhaftete diesen Diener der Kirche, wegen Verstoßes gegen die verfassungsmäßig garantierte Gleichberechtigung der dortigen Bürger. Wieder ein Märtyrer der christlichen Kirche, nicht wahr? Und sogar der Kölner Kardinal Frings schrieb einen Brief an die Evangelische Kirche in Deutschland und erklärte sich mit ihr solidarisch im Fall Maercker, als müsse der Fall nicht Andersson heißen, nach einem Kind, dem der Sinn des Lebens materialistisch dargestellt worden war, nicht mit dem endlichen Triumph des Individuums im kapitalistischen Sinne, jenes angenommenen, durchschnittlichen, namenlosen Individuums, an dessen Beispiel die Kirche uns Nachholkurse bietet im Fortschritt des theologischen, philosophischen, soziologischen Jargons, an Hand der beliebten Frage: Wird das Individuum sterben? Das halte ich für die Frage eines Ausländers.

Vorderhand ist es in den meisten Fällen der Tod selbst, der

seine Würde herstellt, und nicht die Kirche, so passende Dekorationen sie liefert. Meine Erfahrungen

– und es steht Ihnen frei, mir ihre Verallgemeinerungen zu verbieten; es wird nicht möglich sein, sie mir wegzunehmen – meine Erfahrungen mit Beerdigungen, die ich selbst besorgt habe, sind in der Tat nur meine Erfahrung. Der eine Pfarrer sagte bei der Vorbesprechung für seinen Auftritt am Sarg: Ja, wenn Sie eine Spende geben wollen? Der andere sagte: Wo denken Sie hin, uns für Beerdigungen bezahlen zu wollen! Dafür sind wir doch da.

Das mag ja sein.

Versuch
eine Mentalität zu erklären

*Über eine Art DDR-Bürger
in der Bundesrepublik Deutschland*

So reden Kinder von ihren Eltern. So reden Erwachsene von jemand, der einst an ihnen Vaterstelle vertrat. Sie reden von der DDR mit einem Abstand, der auch Achtung zu verstehen gibt, mit einer Vertrautheit, die eher aus intimer Kenntnis denn aus ungemischter Zuneigung gewachsen ist. Sie fordern den ehemaligen Vormund in die Rolle des Partners, noch im Zorn verlangen sie das Gespräch mit ihm. An den wechselseitigen Kränkungen wäre ein gewöhnliches Verhältnis längst zerbrochen; dies ähnelt der schwierigen Ehe jenes Römers, der sie umschrieb mit dem unausweichlichen Vorsatz *Nec tecum, nec sine te.* Seit die DDR sie vor zwanzig Jahren vereinnahmte, sind sie von ihr mit Beschlag belegt; sie leben fern von ihr, immer noch haben sie das Tischtuch nicht gänzlich zerschneiden mögen. Hier ist eine Rechnung nicht abgeschlossen.

Die DDR, 1949 als Erzieherin über sie gesetzt, hatte es leicht, die Zuständigkeit der alten Instanzen zu verkleinern. Die Eltern suchten das Geschäft, das Erbe, den Stand, die bürgerliche Moral, also die Vergangenheit zu bewahren. Die beiden Kirchen verteidigten ihre eigenen Positionen; wieder einmal war ihr Geschäft nicht von dieser Welt. Die neuere Weltanschauung hatte Gift genommen. In der traditionellen Philosophie war für einen solchen Fall nichts vorgesehen. Der Fall war, daß hier mit der Vergangenheit gebrochen werden sollte.

Die DDR trug ihren Vorschlag nicht mit schwächlicher Stimme vor. Wer das Personal der Justiz, der Schule, der Verwaltung auswechselt, wer da enteignet und verhaftet und verurteilt, der hat den Staat, und die Macht dazu. Noch das Irrationale an der neuen Art von Rechtsprechung machte denken oder glauben: dies ist auf ewig. Diese Wirklichkeit mochte noch nicht richtig sein: vorhanden war sie. Und die neue Ewigkeit kam daher nicht nur mit Macht, sondern auch mit dem Ansinnen: Ihr solltet vernünftiger leben lernen als noch eure Eltern. Das hört sich gut an für junge Leute, nicht nur weil da ein Jeder anders werden will als seine Älteren. Wem das nicht glatt genug hinunterging, dem half auch Nüchternheit nicht gegen die Annahme, daß nach dem abgetanen System der Faschisten diese neue Autorität von Haus aus die bessere war, weil anti-faschistisch. Die moralische Eindeutigkeit war verführerisch. Das saß.

Es saß tief, es reichte für Vorschüsse, zu entrichten in Vertrauen. Die Kluft und die Musikzüge der alten Jugendorganisation waren kaum vergessen, da fing die neue schon an mit der massenhaften Verkleidung, diesmal mit blauem Tuch für den Oberkörper, mit Trommeln und Trompeten, mit Fahnen und Fackeln. Wozu hatten diese Hemden Klappen auf den Schultern? Damals hieß die Erklärung der Funktionäre: wenn die Organisation erst mal Mützen bekommt, dann kannst du deine unter eine von den Klappen stecken, Jugendfreund. Heute hat uns die Mode-Industrie den Namen für solchen Aufzug verraten: Military. Das brauchen die Kinder: dachte die Staatsmacht; die DDR denkt von uns daß wir das brauchen: dachten die Kinder, die einander nun nicht mehr als Jugend, sondern als Freunde der Jugend anzureden hatten. Hier war ein Riß in dem Gefühl der Verständigung.

Die Proklamation der sozialen Neuordnung war attraktiv für jugendliche Gemüter. Denn auch hier wurde Tatsächlichkeit durchgesetzt gegen die bloß verbalen Maß-Stäbe der Eltern. Die personellen Kontakte des Großgrundbesitzers zu den Faschisten reichten schon aus als Argument für die Aufteilung des Bodens unter kleine Bauern; die schulische Version des Marxismus lieferte noch historische und ökonomische Gründe nach. Die industrielle und finanzielle Konzentration war ebenso kompromittiert, ebenso lernte man sie mit theoretischen Schlägen eindecken. Und es war nur recht und billig, daß nun die vernachlässigten Gruppen der Arbeiter und Bauern ihre Kinder mit Vorzug in die Bildungsstätten schicken sollten.

All dies war Gerechtigkeit, allerdings prozentual. Sie ließ sich strecken zu dem Gefühl, in einem grundsätzlich anständigen Staat zu leben. Gelegentlich flackerte dies Gefühl, so wenn die Gerechtigkeit auftrat mit den Manieren der Brutalität, der Willkür, des Gesetzesbruchs. Aber die westdeutsche Alternative war verkrüppelt durch politische und Kriegs-Verbrecher in der Regierung und Armee von Bonn, durch die Fortführung des diskreditierten wirtschaftlichen Systems. In die DDR war viel Solidarität, viel Loyalität investiert. Ein Bruch mit ihr hätte schon Verluste bedeutet. Wem es zum Bruch nicht reichte, der begann sein Vertrauen zu befristen, von Fall zu Fall.

Die DDR als Lehrerin, so streng und wunderlich sie auftrat, konnte sich lange Zeit fast unbedenklich verlassen auf die beiden moralischen Wurzeln, die antifaschistische und die der sozialen Proportion, an denen sie die Jugendlichen hielt. Das zeigen die Reaktionen jener, deren Eltern sie Kampf und Nachteile angesagt hatte. Denn die Einladung zum neueren Leben, die Gebärde der weit geöffneten Arme, sie war zum Mißverstehen gewesen. Sie hatte nicht allen Kindern gegolten. Mancher Einzelne, der sich der neuen Gemeinschaft gerade als Individuum überantworten wollte, hatte nun zu erfahren, daß er gar nicht als Einzelner angesehen werde, sondern als Angehöriger einer Gruppe. Diese Gruppe aber waren die Eltern, Leute der alten, der aufgegebenen Zeit. Und es war nicht die Zurücksetzung der mittelständischen und intellektuellen Minderheiten allein, der die abgestempelten Kinder entgehen wollten, oft war es auch die Prägung durch die Minderheit, der sie mißtrauten. Aber die Ausnahme für den Freiwilligen wurde nicht gemacht, das gleiche Recht und die gleiche Geltung mußten in diesem Kindergarten gesondert verdient werden. Die Aktivität der »Bürgerlichen« in den staatlichen Organisationen, mit der sie obendrein zögernde Freunde vergrämten, wurde in ihrer Ehrlichkeit durch Mißtrauen gekränkt. Sie sahen das höhere Stipendium für Kinder von Arbeitern und Bauern nicht nur als Selbstverständlichkeit sondern geradezu als Forderung, und versuchten sie ihren Rückstand durch Fleiß aufzuholen, wurden sie in einer verordneten Diskussion mit dem »bürgerlichen Leistungsethos« denunziert. Die Angehörigen dieser Gruppe waren mit verwandtschaftlichen und finanziellen Sicherungen im alternativen Westdeutschland besser versehen als andere; dennoch ließen sie sich nicht beraten vom Trieb zur Selbsterhaltung, sondern vom Selbstverständnis der DDR, das sie sich angeeignet hatten gegen die Vorbehalte der DDR, in der Zuversicht auf spätere Zulassung zum Status der Gleichberechtigung. Gerade diese Kinder gingen nicht am ehesten aus dem Land.

Für alle, die hier reden, war es mehr als ein Land, mehr als Heimat und biographische Gegend. Der Begriff Vaterland, gereinigt von Pathos und Patriotismus, ist hier nicht fern, gestützt durch die Profiltiefe der Prägung, die ein junger Mensch in der DDR erfuhr. In vielen Aussagen erscheint die DDR als fest umrissene personenähnliche Größe (während die Bundesrepublik bewußt ist als lediglich eine Lage, in der man sich befindet). Auf den beiden moralischen Voraussetzungen des Antifaschismus und Antikapitalismus konnte ein nahezu partnerschaftliches Verhältnis anwachsen. Bürger und Staat konnten einfach um der Wahrheit willen zueinander stehen gegen die unzutreffenden Interpretationen von seiten westlicher Scharfmacher. Dann, die DDR war allgegenwärtig wirksam. Sie erzwang sich Kontakt nicht nur in den Schulen, den Arbeitsverhältnissen, den Organisationen, wo sie Ideologie verbreitete und Liebes-Erklärungen abforderte. Sie war den meisten Vorgängen des Alltags immanent. Die mitunter grotesken Zustände in der Versorgung waren eben nicht einem einzelnen Geschäftsmann und seinem Mangel an Geschäftsinteresse zuzurechnen, sondern den Funktionären in allen Instanzen, also der DDR in Person. Die Wahl einer Wohnung, eines Ferienortes, eines Studienfachs, eines Berufs war administrativen Entscheidungen untergeordnet; die DDR war der Swinegel und immer schon da. Die persönliche Natur dieses Verhältnisses zwischen Staat und jugendlichem Bürger wird auch belegt durch eine Form der Nachsicht, die man als Jüngerer einem Älteren erweist, anderer vermuteter Tugenden wegen. Diese Nachsicht richtete sich auf die Funktionäre des Handels, die die Technik der Warenbewegung eben an einer lebendigen Bevölkerung sich einüben mußten; auf die sprachlichen Extravaganzen, namentlich die russifizierenden, die man der Mühsal des Selbstausdrucks und einer übertriebenen Sentimentalität zuschreiben konnte; noch auf die Kampagnen gegen »bürgerliche« Bräuche wie das *cum tempore* zwischen Vorlesungen, weil das Prinzip des Mißtrauens begreiflich war, so absurd es sich im Detail auswirkte. Gewiß, die Wirklichkeit war noch immer nicht richtig. Aber das war die Zukunft, nicht nur vorhergesagt, sondern auch versprochen.

Dies Versprechen, als Vertrag unter Partnern, trug in sich den Keim, der das Bündnis mit der DDR auflösen würde. Denn es war Kritik möglich an der Einlösung dieses Versprechens, eben nicht nur Mängelrügen. Da wurde entgegen der Vereinbarung geliefert, da war für Nichtgeliefertes zu quittieren. Der Grad der persönlichen Enttäuschung erlaubt sehr wohl einen Rückschluß auf das Ausmaß der Treuebereitschaft. Es ist peinlich, eine sonst geachtete Person beim Lügen zu ertappen, oder beim Tragen auf beiden Schultern. Die neue Ideologie sollte nun doch nicht allein ein Bewußtsein erzeugen, das für zeitgemäß brauchbare Arbeitsentschlüsse geeignet war; die neue Ideologie fungierte auch als Zahlungsmittel, mit dessen verbaler Übergabe Rechte wie Privilegien erworben werden konnten. Es war enttäuschend, daß die DDR die Unredlichkeit des bloßen Aufsagens von Erkenntnisformeln wahrnahm, und honorierte. Die Bedingungen für die Zulassung in diesem Staat waren eindeutig genug, sie mußten erfüllt werden; sie brachten den Erfüller bedenklich in die Nähe des Arrangements, das ihm als typisch für »bürgerliche« Heuchelei dargestellt worden war. Simonie und Sozialismus, es ist kein Reim. Und die Ideologie erwies sich wieder und wieder als eine im Marxschen Sinne, als falsches Bewußtsein, benutzbar zur Stützung und zum Ausbau der Herrschaftsverhältnisse. (Das bedeutete noch nicht Zweifel an der Richtigkeit der Herrschaftsverhältnisse, nur Skepsis gegenüber dem Baumaterial.) Die sozialen Errungenschaften schienen im Grunde zu schade für den Zweck, Kritik an anderen Phänomenen der Gesellschaft abzuweisen, und der dauernde Hinweis auf diese Errungenschaften verriet gelegentlich durch das Punktuelle des Argumentierens, daß es Schwierigkeiten geben würde mit der Anfertigung eines die DDR ganz umfassenden Systems. Der Antifaschismus, die unentbehrliche Voraussetzung, ging inzwischen am theoretischen Stock, da er strukturell, nämlich durch das Vorhandensein von Faschismus, nicht mehr zu manifestieren war, schon gar nicht durch die faschistische Verteufelung der westdeutschen Regierung, denn deren Gebaren füllt die Definition des Faschismus nicht aus, mit der die DDR sich so viel Mühe gegeben hatte. Unter diesen Umständen wirkte die Begründung für die Aufrüstung der DDR (zumal ohne Wehrpflicht) nicht völlig abgesichert, und kam überdies einem Wortbruch gleich. Die humane Kalkulation, die die DDR ihren Kindern in den Mund gelegt hatte, erzeugte nun Widerstände gegen die paramilitärischen Organisationen und die Armee, die den Krieg gegen die Westdeutschen üben sollten. Und nicht nur die Tschechen erschraken über die Uniform dieser Armee, und wieder war mit der freiwilligen Meldung zum Wehrdienst Vorzugsbehandlung zu erkaufen, und wieder war die Armee nicht neuen Typus', sondern Barras. Selbst so fundamentale Theorie wie das Mehrwertgesetz, die für westliche Ökonomie auf der Hand lag, stak in der DDR im Feuer und war ein heißes Eisen, da über die Verteilung des gesellschaftlichen Mehrwerts in großer Entfernung von seinen Erzeugern entschieden wurde, in einer annoncierenden Art, der bei den Posten des militärischen Etats die Stimme versagte. Allmählich auch wurden die Wahlergebnisse zu anekdotisch. Und Nepotismus ist nun einmal Nepotismus. Hier hatte die DDR offensichtlich Butter auf dem Kopf, da mußte sie den Hut gar nicht mehr abnehmen. Es ist beschämend, eine sonst geachtete Person bei solchen Machenschaften ertappt zu sehen. Es kam so weit, daß in der Darstellung der Realität, wie sie die DDR betrieb, schwer zu wählen war zwischen taktischen Finessen und gestörter Wahrnehmungsfähigkeit, so wenn sie den republikweiten Arbeiteraufstand im Jahre 1953 nicht als selbst produzierte Reaktion sondern als auswärts gebastelten Putsch erkennen wollte und im übrigen im niedlichsten politischen Witz Staatsgefährdung nicht nur roch, sondern auch vor Gericht zog. Die Fragen nahmen überhand, und überhand nahm die Erbitterung darüber, daß sie nicht gestellt werden durften. Denn diese strenge Erzieherin DDR bestrafte schon leisen Zweifel an ihrer Güte mit Liebesentzug. Ein boykottiertes Kind kann da mitten in der Familie verhungern. Schließlich war für viele Anhänger der versprochenen DDR das Eingeständnis nicht mehr abweisbar, daß sie zu jeder theoretischen und praktischen Aktion der wirklichen DDR eine apologetische Version mitführten, ein rein defensives Schmiermittel, das das persönliche Verhältnis zu diesem Staat in Maßen erträglich halten sollte. Es ist bitter, sich einzugestehen, daß man seit langem die Wahrheit nur heimlich, im Vertrauen gesagt hat. Wer so weit war, beneidete Jeden, der die offizielle Analyse des Vorhandenen mitdenken konnte, ohne die widersprechenden Elemente im totalen Bild zu bemerken, ohne Aufmerksamkeit für den Schatten hinter den Worten, ohne Gefühl für den Riß zwischen den Ableitungen der Glaubenssätze. Jetzt hielten noch die Freundschaften, wie sie unter solchem innenpolitischem Druck gediehen, Bindungen von einer Intensität, Ausdauer, Unbedingtheit, derengleichen anderswo schwerlich zu erwarten war. Das waren nicht Zusammenschlüsse gegen die DDR, sondern Verbindungen im gemeinsamen Kummer über ihr Verhalten, also in einer Dritten Sache, die freilich dem schlicht Persönlichen an diesen Beziehungen unerhört zugutekam. Wer nun ging, brauchte dazu kaum einen einzelnen tagespolitischen Anlaß, und nicht einmal alle zusammen: er war mit der DDR fertig, er glaubte ihr kein Wort mehr, er konnte nicht mehr mit ihr, er mochte ihre Stimme nicht mehr ertragen, ihm war die Luft aus dem Vertrauen gelassen worden, es ging nicht mehr: alles Ausdrücke, mit denen die Auflösung eines persönlichen Verhältnisses kommentiert wird. Denn wer ging, der verließ die DDR nicht ohne das Bewußtsein, sie im Sinne der Redensart sitzen zu lassen, wie eine allzu herrschsüchtige und unverträgliche Braut, die nun auch einmal Kränkung fühlen sollte. Oder, was da an Abschiedsbriefen hinterlassen wurde, erinnert an die Vorkehrungen eines abgewiesenen Liebhabers, der der Unerreichbaren zumindest die Tiefenschärfe seines Schmerzes gemeldet wissen möchte. Und noch einmal: wer da ging, sagte sich von einem Lehrer los, nicht ohne Würdigung der vermittelten Erkenntnisse, aber unbeirrbar in dem Entschluß, die Vormundschaft grundsätzlich aufzukündigen. Sie sprachen sich aus freien Stücken frei und großjährig.

Die Prozedur der westdeutschen Aufnahmelager wirkte wie ein Schock. Sie immunisierte auf Dauer gegen Träume von staatlicher Vereinigung: So werden nicht Leute behandelt, mit denen man eine Einheit will. So widerlich war der Eintrittspreis nicht zu erwarten gewesen. Diese Verletzung wurde versteckt, das half ihr nicht zu heilen. Übrigens waren sie nicht gekommen, um in der Bundesrepublik Deutschland zu sein, sondern um aus der DDR wegzugehen. Immerhin, hier war nun die Eleganz der unbehinderten Warenwirtschaft, was die anderen Kinder vor ihnen angezogen hat. (Das sind die, die hier nicht zur Rede stehen.) Es war dann ein bißchen wenig. Mancher verdächtigte sich, einer Trotzreaktion erlegen zu sein. Eine Rückkehr aber verbot die DDR selbst durch die Gesetze, mit denen sie damals für Abtrünnigkeit sich rächen wollte: auch die Reaktionen der DDR hatten etwas Persönliches. Da das nicht anging, auch das Licht des nüchternen Tages nicht vertrug, blieb nur die Einrichtung im westlichen Gebiet. Das ging nicht leicht an. Die hier erforderlichen Anpassungen in Arbeitsverhältnissen, politischen Gruppen, gesellschaftlichen Konventionen waren ja formal nichts Unbekanntes. Der Kapitalismus funktionierte allerdings anders als in den Analysen der DDR geschildert; das zu berichtigen war eine Arbeit. Diese Arbeit wurde durch nichts honoriert als individuelle Erkenntnis, und es fiel Einem da auch nichts in den Schoß. Die westdeutschen Herrschaftsverhältnisse waren hinter so viel Augenschein versteckt, deren Wirklichkeit war in der alltäglichen schwierig aufzufinden. Die Toleranzen, die die Macht in der Bundesrepublik ihren Bürgern ließ, waren zwar zu erklären als Luxus einer bestimmten Phase und nicht ein ewiges Kennzeichen; Luxus blieben sie, fast unglaublich. Die gesellschaftliche Lüge saß auch hier in Strich und Faden, aber die Weberichtung war eine andere, und die Wahrheit schien an ganz unverdächtigten Stellen durch. Und die Westdeutschen, da hatte das Gerücht nicht übertrieben, waren in der Tat anders. Die fuhren wahrhaftig so gern Auto, und auch das mit den sagenhaften Fernseh-Abenden traf zu. Die lebten ganz harmlos privat. Die westdeutschen Freundschaften wuchsen langsam, anfangs immer noch mit der Hoffnung, es sei an einem der Hiesigen doch Interesse zu finden für das Wichtigste, das ein so Auswärtiger kennen gelernt hatte: die Politik. Die leisteten es sich, darauf zu verzichten. Deren Haltung war, genau wie die eigene, von Produktionsverhältnissen erzeugt; die Erkenntnis von der Formbarkeit des Individuums war doch niederschmetternd. Hinderlich war eine Zeit lang die Einbildung der eigenen Minderwertigkeit, mit der die DDR ihre Leute angesteckt hatte, die auch die Westdeutschen gern ausnutzten. Nicht nur sind Leute II. Klasse gefügiger; es war auch viel westdeutsches Mißtrauen echt, also antikommunistisch, also ohne Ansehen der Person. Die aus der DDR mitgebrachten Vorstellungen von gesellschaftlichem Fortschritt konnten beliebig humanitär sein und mit dem christlichen Ideengut der offiziellen Bundesrepublik noch so freundlich harmonieren; dies Gepäck erschien durch den Ort seiner Herkunft etwas zu konkret. Da aber die Westdeutschen von der Freiheit sprachen wie die DDR vom Frieden, also von etwas Anderem, war eine ideologische Integrierung nicht Bedingung. Das hatte als angenehme Konsequenz, daß der Ankömmling sich nicht durch obligates Bekenntnis kompromittieren mußte und so den Neurosen des Renegaten entging. Ohnehin, auf einen Zustand ist schlecht schwören. Die wollten Leistung sehen, na bitte. Die wollten sehen, wie der Dollar rollte; warum nicht. An der Theorie vom Konsumzwang wurde allmählich eine andere Seite sichtbar, die vom Genuß am Konsum. In diesem Zusammenhang regte sich der Widerspruch nicht einmal bei den zurückgebliebenen Freunden, die nunmehr ihren Anteil an westdeutschen Tabakwaren, technischem Dingsbums und weiteren neunhundertachtundneunzig kleinen Dingen einforderten. Allmählich hörte auch der dauernde Vergleich auf, der Verhältnisse in der DDR an der falschen, weil westdeutschen, Elle gemessen hatte; das war ein Heilsymptom. Und wen die Grenzformalitäten zwischen Chiasso und Como nicht zur Vernunft bringen, dem ist nicht zu helfen. So weit, gut.

Zur Behaglichkeit reichte es nicht ganz. Behaglichkeit stellte sich schwer ein in einem deutschen Land, das allen Grund zur Angst vor faschistischen Entwicklungen hatte und in dem solcher Abwehrreaktion nur selten zu begegnen war, zum Beispiel bei der SPD als taktischer Variante. Hier konnte sich, bei politisch professionell trainierten Personen, Gleichgültigkeit gegenüber politischen Vorgängen einschleichen. Zum anderen Beispiel, die rechten Parteien hatten noch nicht begriffen, daß Deutschland den Krieg verloren hat. Was man so links nennt, das hatte sich den Sozialismus wegmachen lassen. Die revolutionären Gesten der »Außer-Parlamentarischen Opposition« erregen Amusement in diesem Personenkreis, in dem bekannt ist, was man so zu einer Revolution nimmt, und mit welchen Zutaten eine importierte Revolution gerät. Da ist kaum Ansatz. Andererseits, dieser Personenkreis wäre zu haben für ein gesellschaftspolitisches Engagement, das dem Selbstverständnis der Bundesrepublik zu mehr Wirklichkeit verhelfen wollte, was Rechtssicherheit, soziale Gerechtigkeit, Verständigung mit den osteuropäischen Nachbarn und Kriegsopfern angeht; und nämlich nicht als fünfte Kolonne im ausländischen Auftrag, sondern aus einer Loyalität zur Bundesrepublik, die sich eine bessere Bundesrepublik wünscht, eine Verwirklichung auch von Erwartungen, die die DDR enttäuscht hat. Es ist leider nicht ausgemacht, ob die Bundesrepublik einer Loyalität bedarf, die über die Umlage kommunaler Kosten hinausginge. Vorläufig ist es möglich, daß ein politisches Engagement verkümmert zur passiven Verarbeitung von Politik. Die Freiheit, Meinung zu äußern, einst in der DDR entbehrt, hier ist sie gegeben. Hier trifft sie kaum auf Widerstand, produziert selten Wirklichkeit. Die fast vollständige Unterrichtung über Zustände in Staat und Wirtschaft, hier ist sie. Nur kann die Information nicht in praktische Anwendung gebracht werden. Sie ist genießbar. Nicht zuletzt ist dies noch eine Gelegenheit, über die DDR zusätzlich zu erfahren, was sie versteckt hielt. Wer hätte denn dort gewußt, daß die sich an jedem Dienstag hinsetzen zu Beschlüssen über das Land, und zwar regelmäßig eine Stunde, und nicht irgendwo in Ostberlin, sondern am Werderschen Markt, zum Beispiel? Oder: Was hat Adenauer nun tatsächlich als Letztes gesagt? Wie ist die Firma Krupp nun in Wahrheit konstruiert? Was alles gedenkt die SPD noch für Regierungsmacht auf den Tisch zu legen? Es nützt nicht viel, das zu wissen, aber es macht Spaß, auch das noch zu wissen. Die Leistungen der oppositionellen wie der institutionalisierten Publizistik machten das Leben im Gebiet der Westmark von Anfang an annehmbar. Von allen Freuden des Konsums ist diese echt unverzichtbar. Wem aber sogar die politische Kommunikation als Genußmittel vorkommt, dem darf man getrost nachsagen, daß er eingebürgert ist, Spaß beiseite.

Dennoch, es sind nicht alle angekommen. Von Arbeitern wie Lehrern wird gelegentlich eine Rückkehr in die DDR nahezu unkritisch erwogen. Da schlägt die alte Haltung des Kindes vor dem Vormund wieder durch. Dann reden sie, als seien sie immer noch rechenschaftspflichtig. Gerade von der DDR wollen sie nicht verachtet werden. Immer geben sie der DDR ihren Namen, nur weil die eine mehr geographische Umschreibung mit Unmut aufnehmen könnte (gewiß auch in Opposition gegen die unberatenen Verlegenheitsausdrücke westdeutscher Politik). Immer reden sie behutsam, um der DDR ja nicht wehe zu tun; und wären doch nicht hier, hätte die DDR nicht ihnen wehgetan. Es ist, als wäre Offenheit in der Öffentlichkeit ihnen peinlich, als wollten sie es mit der DDR nicht verderben. Sie gehen nicht ein auf die Behauptung der DDR, ihre Umzügler seien Opfer einer Abwerbung, eines Handels mit Menschen.

Da sie es besser wissen, und verschweigen, ist ihnen die Hoffnung zu unterstellen, daß sie sich mit der DDR eines Tages, und sei es nur in vertraulichem Gespräch, verständigen könnten. Wirklich? Wird man sich da versöhnen? Auch über Ausdrücke? Da ist gar kein Zweifel: eines Tages nimmt die DDR sie zurück. Tatsächlich? wenn sie ankommen mit einem Abonnement des Nachrichtenmagazins DER SPIEGEL (auf vierzig Jahre) in der Tasche und mit der Erinnerung an die letzte Italienreise im Gedächtnis? Dann wird die DDR sie vielleicht nicht nehmen. So reden also verstoßene Kinder.

Es geht auch anders.

1. *Wenn es einer Staatsmacht freisteht, eine Staatsbürgerschaft zu verhängen über Leute, die sie bei der Machtübernahme auf ihrem Territorium vorgefunden hat, so muß es diesen Leuten freigestellt werden, auf Staatsbürgerschaften von sich aus zu verzichten. Auch Palmström hatte ja seine Gründe, als er das Kreuz für Kunst mit Dank zurückreichte.*
2. *Gewiß, die DDR war eine Erfahrung, obendrein die einer juvenilen Periode. Aber die Erfahrung sollte nicht verkleinert werden durch die Tricks der Erinnerung. Es gibt da auch Dinge, die der Regen nicht abwäscht. Was da an Biographie gestiftet wurde, war immerhin nicht alles notwendig zum Leben. Es ist nicht nötig, diese Rechnung neu aufzumachen, aber sie verträgt es, offen zu bleiben.*
3. *In der DDR sind noch einige persönliche Orte, die Orte der Kindheit, der Jugend. Dort sind Freundschaften, Landschaften, Teile der Person. Es ist Vergangenheit. Es hat neun oder zehn oder zwölf Jahre gedauert. Nun ist es vorbei.*

(1970)

Eine Kneipe geht verloren

Noch im Frühsommer war die Kneipe ein stilles Geschäft gewesen. Ihre schmale Front konnte sich nicht vordrängen in dem leuchtenden Band aus Schaufenstern und Transparentzeilen, das abends den Platz unterhalb großmächtiger Miethausbauten von 1890, mindestens einstöckig mit Buden umstellte, und wie oft in diesem gemischten Südviertel Westberlins die kleinen Läden, machte sie ihren Anteil an der umwohnenden Kundschaft aus mit ebenso schwachbrüstigen Schankbetrieben, die ihr gegenüber oder nicht weit in den Wohnstraßen ein Schild aus der Bauflucht streckten, das ihnen allen dieselbe Brauerei in unparteiischer Gewinnerwartung gestiftet hatte. Zu der zimmerbreiten, hallenhohen Höhle, die schon in der Dämmerung wie ein bürgerlicher Wohnraum erleuchtet war, hielt eine Skatclique und anderer Stamm, der seit dem Krieg an die Wirtsleute gewöhnt war, da wurde über die Straße verkauft an Ehefrauen, die den Mann zu Hause halten wollten, mochte er dabei trinken, da kamen nach Ende der Kinovorstellungen, der Fernsehprogramme Paare ohne Durst und andere Laufkundschaft von der Bushaltestelle, dem diesseitigen Aufgang der Untergrundbahn, und schafften alle einen monatlichen Umsatz von nicht viel mehr als vier Tonnen Bier. Bis in den späten Nachmittag war die Wirtin, eine junge Person, meist allein mit dem näselnden Ton des Wasserüberlaufs, den acht viersitzigen Tischen, der Stammecke, der altertümlich verzinkten Theke, den Flaschen in dem fichtenen, auf altdeutsch zugestrichenen Regal, und blätterte in den Handbüchern einer wenig verbreiteten Wissenschaft, denn sie wollte nur ein Semester lang einen Onkel vertreten, der an diesem Platz den Tag mit milden, den Abend mit heiteren Räuschen ausgegeben hatte, bis er, unter erheblicher Teilnahme seiner Kunden, ausgesegnet und begraben worden war und seine Frau, vor unverhoffter Schwermut nicht weiter fähig, das Geschäft zu führen, einstweilen ein Schwesterkind an die Hähne gestellt hatte, gegen eine Beteiligung am Überschuß, die gut sein konnte für die Studiengebühren eines vollen Jahres, sollte da mehr Überschuß kommen. Die Alte hatte der Studentin wohl noch die einfache Buchführung vorgemacht, die Steuerpraxis und die Vorratshaltung erklärt, auch ungefähr das Einschenken; sie hatte aber bald nach der Beerdigung angefangen, die Dinge der Welt mehr und öfter nach religiösen Gesichtspunkten zu beurteilen, so daß sie keine rechte Hilfe war und im Grunde der Aufsicht bedurfte, wenn sie abends allein an einem Ecktisch neben dem Windfang saß, hinter dem Schild Privat und gefalteten Händen ein Gläschen Magenbitter verborgen hielt, überhaupt mit einem fremden, abweisenden Gehabe, als kenne sie die übrigen Gäste neuerdings nicht mehr deutlich. Sie wollte mit ihren fünfundsechzig Jahren die Vierundzwanzigjährige behüten, die mußte aber zu Rande kommen mit Herren von vier und mehr Jahrzehnten, die noch eingestellt waren auf den alten Wirt, der mit ihnen auf du gewesen war hinter der Schankbrücke, einen Unterarm genüßlich aufgestützt, mit vortretendem Bauch in der halboffenen Weste, Schweißpfützen auf dem strähnig behaarten Schädel, redselig, spendierfreudig, wie alle wohlversehen mit Redensarten, die der neuen Wirtin am Anfang gar nicht aufgingen. Die neue Wirtin ließ sich aber, so hellhäutig sie war bis ans rötliche Haar, zum Erröten nicht bringen, sie ging auch auf schnapslockere Angebote so unbefangen ein wie eine Kindergärtnerin, so daß der Umgangston in der Nähe der Theke familiär wurde, um so mehr, als sie je Abend bereitwillig zwei Runden des Würfelspiels Chicago austrudeln half, wenngleich sie ihre Gewinne verschenken wollte und nicht trinken, sie nahm von den Stammkunden auch Schuldscheine auf Treu und Glauben in die Kasse, und bald fingen die Kiebitze vom Skattisch an, mit ihren gewonnenen Getränken herüberzukommen auf die hochbeinigen Hocker an der Theke zu der Neuen, sich ihr so gut bekannt zu machen wie dem Verstorbenen, auch zu Gesprächen ohne Absicht; sie behielt aber aus den ersten Wochen eine neue Haltung, die Hände an die Seiten gelegt, die Ellenbogen vorgewinkelt, die Brust erhoben, den Kopf hoch so kampflustig wie das

Na, mit dem sie Bestellungen einholte, Eintretende begrüßte, überhaupt Anfänge vorwegzunehmen suchte. Denen war es mittlerweile ein Vergnügen, mit ihr durch die Kellerklappe unters Lokal steigen zu dürfen und ein neues Faß anzustechen; auch mit dem Steuerberater, den Lieferanten, den Pächtern von Musikkasten und Spielautomaten kam sie allmählich zurecht, sie hatte den neuen Beruf fast ausgelernt; sie wäre aber tagsüber lieber nicht so allein gewesen hinter den mit Wucherblumen und Werbepappwerk verstellten Schaufenstern, hätte sich auch für den Abend mehr gleichaltrige Kunden gewünscht, so daß sie aus Sportsgeist ebenso wie in der Hoffnung auf Geld fürs Studium versuchte, den Ruf der Gaststätte zu bessern. Gegen die Wasserflecke, die graugelbe Schmutzfärbung im Stuckfries unter der zweimannshohen Decke, im Lampenmedaillon konnte sie kein Geld aufwenden, die Stühle mußten so schäbig bleiben, und überdies war der Stamm der Gäste empfindlich gegen allzu zeitgemäße Neuerungen, so daß die Buntdrucke mit gebirgigen und Birkenwaldansichten unter den rosa beschirmten Lämpchen an den Wänden weiterhin den versonnensten Blicken ausgesetzt blieben, ewig die Marschplatten im Automaten die Lampen zum Klirren brachten mit einer Lautstärke, die sie erst gegen Mitternacht abwürgen durfte mit dem Thekenschalter. Aber die Vormittage einer ganzen Woche, die sie auf die Herrichtung der Toilettenräume wandte, beschämten das Publikum, das jahrelang mit dem vorigen Zustand sich abgefunden hatte; sie bestellte ehrliches Holz für das Thekenbrett an die Stelle der alten Kunststoffschwarte, ließ auch die Brauerei ein weißes Transparent darüber hängen, so daß nun der Fußboden zu erkennen war mitsamt seiner Sauberkeit, und die Zinkbleche waren blank. Der Laden war im Nachkrieg, nach den Zeiten des ›Heißgetränks‹ und der Kartoffelpuffer, bekannt gewesen für sein Speiseabteil in der rückwärtigen Hälfte, dessen verbliebenes Gerümpel hinter einer verworfenen Holzfalttür verborgen war, seit die Brauerei nun die Ruine an der Straßenmündung weiter nördlich zu einem aufwendigen Eßrestaurant mit Weinen repariert hatte; die neue Wirtin meinte

66

keine Konkurrenz, als sie Bouletten vorbereitete, Soleier und sauren Hering einlegte; im Grunde kam es ihr darauf an, den Auftrag ordentlich zu Ende zu bringen. Der Sommer Aushilfe schien ihr nicht umsonst vertan, sie war es zufrieden, so familiengemäß unterrichtet zu sein über das Leben in diesem Stadtviertel, über Berufe, Liebschaften, Konkurse, Sorgen mit Kindern; noch wenn mörderische Fernsehprogramme die Gäste in den häuslichen Sesseln hielten und sie allein blieb mit den leeren Gläsern und einem Kunden, der die illustrierten Zeitungen nach ungelösten Kreuzworträtseln durchsuchte, ging sie ihre unvermutet neuen Erfahrungen in Gedanken durch wie eine Rücklage fürs spätere Leben, und platzte in die Stille mit kleinem Gelächter, das in die Nase stieg, vor Spaß an diesem Ausflug vom Dasein der Studentin, behütet von Stipendien mit eingeschlossener Krankenversicherung und akademischen Sorgen, in das Leben der Kneipe, zu Leuten, die sie anredeten mit Mädchen oder, vergeßlicher, mit Dicker wie den Toten, die ihr die Verhältnisse des Westberliner Fußballs erklärten, großen Betrug, kleinen Betrug und dazu Arten des Überlebens, von denen sie nur geahnt hatte. Das war Anfang August eine passable kleine Kneipe, in der die Lampen geputzt waren, der halbe Liter Bier sieben Minuten lang geschenkt wurde und kühl ankam, obwohl damals oft die Hälfte aller Plätze besetzt waren, so daß sie zu laufen hatte zwischen Spülbecken und den zwei Wänden, nur beim Einschenken zum Stillstehen kam und dabei gelegentlich mit dem Handrücken die Stirn rieb; weil sie dabei aber auch die kurzen Haare zurückwischte, sah die Bewegung nicht nur müde aus, auch lebhaft. Die Tante hatte sich nicht gesperrt gegen die Veränderungen der Wirtschaft, sie bestand nur auf ihrem Platz am Windfang, von dem sie sich bis Ladenschluß nicht rührte, einsam wie ein verlaufener Gast, von Zuspruch unbeirrbar. Sie sah nicht krank, nicht verwirrt aus, und ihre Blicke ließen sich leicht für aufmerksam nehmen. Die Stammgäste hätten nun fast gewünscht, die neue Wirtin werde die Kneipe weiterhin führen, und versuchten nur vorsichtig, mit abfälligen Bemerkungen und etwas zu lauten Skatkommentaren die Studenten rauszuekeln, die erst nur nachsehen kamen und dann regelmäßig, mindestens zu zweit, die Ellenbogen auf die Theke stützten, in lockerem Gespräch mit der Wirtin, das von, mitunter gezielten, Bestellungen von den Wänden her unterbrochen wurde. Sie konnte aber das Ende der verabredeten Zeit für die Aushilfe schon absehen, und in der Erleichterung, bald alles tadellos hinter sich zu haben, ließ sie sich gelegentlich einladen von Freunden aus der Universität zu einer kleinen Flasche Sekt, der hier Senatsbrause hieß, und trank ihn an der anderen Seite der Theke. Die Skatclique, deren Angebote sie ausgeschlagen hatte, pflegte dazu die Stühle umzudrehen und nachdrücklich mitzuprosten, bis einigen auffiel, daß die Wirtin an Abenden mit solcher Kundschaft nicht Rock und Bluse trug, sondern bürgerliche Kleider, die ihr enger anlagen, so daß sie beim Zurechtsetzen auf dem stelzigen Holzhocker den Stoff mit flachen Händen hochstreichen mußte unter die Brust, ehe sie mit Aufatmen die Pause anfangen konnte und eine Unterhaltung über das kommende Semester. Sie dachte manchmal nur, daß ihr inzwischen das Meiste gefiel. Die leisen Geräusche von Gespräch, das zirpende Gurgeln des Wassers, das helle Licht innen, die helle Nacht auf Platz und Straße, kühle Luft in der offenen Tür, alles setzte am Abend davor noch einmal ein neues, eingängiges Gefühl von Zuhause zusammen. Bis sie den Sommer hinter sich hatte, wollte sie hier aushalten.

Es war eine solche Kneipe, die bis zum Anfang des nächsten Jahres verdächtig blieb, heimlich Personen zu befördern durch die Sperre, die die ostdeutschen Behörden rund um Westberlin, den letzten Ausgang ihres Einflußgebietes, geschlossen hatten, um die Geltung des Staates bei seinen Bürgern nicht mehr an verlorenen Flüchtlingszahlen, sondern an fest verfügbarer Bevölkerung im eigenen Land messen zu können. Als die Witwe längst aufgegeben, die Nichte zur Erbin eingesetzt und ihr den Verkauf freigestellt hatte, stand in dieser Kneipe immer noch die Studentin an den Hähnen, die nur ein Semester hatte an eine Aushilfe geben wollen, bis in den Winter, und auf die Frage nach dem Anfang weiß sie nur noch eine unbedachte Äuße-

rung. An jenem Sonntagmorgen war die Havel in der Bade-
bucht so lau gewesen, daß sie weit hinaus geschwommen war
zu den kälteren Strömungen. Die Rundfahrtdampfer lagen
noch still, über der reinen Farbe des Wassers hing trockener
Horizont aus unbewegtem Uferwald und weißlichem Himmel.
Die Ampeln regierten noch unbefahrene Kreuzungen, leere
Überwege, und auf dem Platz vor der Kneipe stand in sonntäg-
licher Unschuld die Herde der Autos, die in der Woche einander durch die Stadt rempelten. Sie saß ziemlich lange allein vor
dem Frühstück, das sie sich auf der Fensterseite der Theke gerichtet hatte, und blickte hinaus auf den lärmlosen Platz. Gegenüber, in dem doppelgiebligen, mit Vorbauten und Balkon-
höhlen krampfig gegliederten Bürgerbau, sog die Kühle
Gardinen aus den offenen Fenstern, schwenkte sie zurück. Die
winzige Kioskkate am Aufgang der Untergrundbahn war mit
Holzläden verriegelt. Von fern heran waren Güterzüge auf dem
Südring zu hören, Flugzeugmotoren im Landegang, mitunter
bebte die Wand geringfügig über der Durchfahrt eines unterir-
dischen Zuges. Aus der Wohnstraße, die vor der Kneipe mün-
dete, kam die Zeitungsbotin näher mit ihrem grün verhängten
Wägelchen, das aussah wie eine ärmliche Kinderkarre; aber der
Platz blieb leer, die vielblättrigen Zeitungen waren von gestern.
Aus dem weißblanken Miethausblock kam ein hemdsärmliger
Mann mit einem giftfarbenen Eimer und begann sein Auto zu
waschen mit Wasser von der alten Pumpe; Kinder liefen auf die
Bäckerecke zu, das Kuchengeld in der geballten Faust. Noch
die ersten Gäste, die zum Frühschoppen kamen, bestellten die
Skatkarten zum Bier; erst zwei Leute von der Universität, die
die Wirtin später zum Essen in die Stadt mitnehmen wollten,
bestellten sich die frischesten Radionachrichten als erstes.
Dann fing auch das Münztelefon an zu rasseln, ganz fremde
Kundschaft trieb von der Straße herein, und sie mußte den Musikkasten abstellen, um aus dem Gesprächslärm wenigstens die
Bestellungen herauszuhören. Ihr fiel auf, daß jetzt die älteren
Gäste von den Tischen und der Skatecke nicht für sich blieben,
sondern zum Platz der jüngeren an der Theke kamen, nahezu

alle mit allen redeten, und fast alle standen, wie bei Beratungen zu einem raschen, gemeinsamen Aufbruch. Während die Gerüchte, Rundfunkreportagen, auch schon Augenzeugen ihr noch ein ungefähres Bild der kriegsgefährlichen Linie zusammenstückelten, die in vier, fünf, acht Kilometern Entfernung um die Weststadt zugezogen und befestigt wurde, ließ die Wirtin unverhofft gedankenverloren den Hahn los und setzte das halbgeschenkte Glas ab, wobei ihr die freien Fingerspitzen an die Lippen fuhren und sie sagte: Au weia! Die Grete.

Sie kannte eine Grete vom Sehen, sie hatte die nur so nennen hören, die war manchmal an Wochenenden von ihrer medizinischen Fachschule in Ostberlin hierher gekommen und auf ein Bier nach dem Kino mit älterer Verwandtschaft, die das Mädchen vor Mitternacht an die Ringbahn brachte, damit sie ja pünktlich zurück war zum Lernen in der anderen Hälfte der Stadt; sie hatte aber bei ihrem letzten Besuch die Wirtin gebeten, ein Auge zu haben auf Auszüge aus möblierten Zimmern in der Nachbarschaft dieser Gegend, und der plötzliche Schreck war zumeist Erinnerung an die hinfällige Abmachung, vielleicht Bedauern für die andere, die ihren Ausweis nicht früh genug umgetauscht hatte. Die beiden Studenten an der Schankbrücke ihr gegenüber mochten aber den Namen für den einer Freundin halten, wollten auch wohl nur die Zeit hinbringen bis zum Ende des Frühschoppens, und fingen planlos an mit Erkundigungen, die in der Woche danach schon einen festen Fragebogen ausmachten: was für ein Gesicht diese Person denn habe, welche Farbe deren Haar, Länge in Zentimetern, nach welchem Alter sie aussehe, wo ihre neueste Fotografie zu finden sei; die Wirtin hatte sich mit denen noch auf nichts geeinigt als auf ein versonnenes Zwinkern, nicht ohne Unbehagen vorgeschobene Lippen, fragende Blicke in dem beiläufigen Gespräch, aus dem sie wegging und Bestellungen wegbrachte, Gläser spülte, das Telefon bediente; als sie aber die Eingangstür hinter den letzten Gästen verschloß, waren alle Angaben zusammen, die die Ostdeutsche in einem Westberliner Ausweis brauchen würde; mehr aus Spaß an der kleinen Verschwörung, wie an einem schülermäßigen Streich, fuhr sie die beiden über Nachmittag in der Stadt umher in ihrer glühenden Autoschachtel; und obwohl die Stadtbahnzüge in Richtung Osten schwarz von Leuten waren, auch die Nähe der Grenze eingedickt mit Autos und Passanten, die die Einsperrung erst den eigenen Augen glauben wollten, fanden sie die Verwandten der ostdeutschen Fachschülerin zu Hause und bekamen eine zwei Jahre alte Fotografie auf einem Ostberliner Omnibusabonnement, das einmal liegengeblieben war; und obwohl die meisten Studenten aus der Stadt waren zu Ferien im Ausland, zu Arbeiten in Westdeutschland, trafen sie mitten im Nachmittag eine Studentin, in deren Ausweis auch das Haar, wenngleich kürzer, in der Farbe zu dem der Ostdeutschen paßte, die überdies nicht bedenklich war, das Personalpapier herzuleihen; die Wirtin hatte ihr Lokal wieder geöffnet, die beiden waren in der Untergrundbahn hinter der Kontrolle, holten das Mädchen vom Abendbrot aus dem Wohnheim und gingen vor und hinter ihr zwischen den Sperrseilen des Grenzbahnhofs voran, inzwischen erheblich besorgt, weil die Passagierin auch auf dringliches Zureden nicht hatte ihre Haare kürzen wollen, aber der Posten nahm ihr den fremden Ausweis nur aus der einen Hand, um ihr den gleich in die andere zu stecken, ermüdet von der lückenlosen Reihe der Leute, die auf den Ausfahrtbahnsteig zustrebten; bis in den späten Abend lernte aber die Wirtin hinter der Theke jene atemhemmende, noch nach Monaten nicht alltägliche Art des Wartens, die den Weg der Boten hinter der Grenze, den Weg des Passagiers durch die Kontrolle zusammensetzte aus normalen Fahrzeiten, Anschlüssen, Schätzungen für Fußgänger, bis selbst großzügige Zugaben von Wartezeit, verpaßten Zügen, Bedenkpausen nicht ausreichten, den Abstand der letztmöglichen Ankunft zur Uhrzeit zu decken, und dafür die Verhaftung, die Mitschuld einrückten; später hätte sie sich für diesen Tag Aberglauben gewünscht, Unbehagen vor dem märchenhaften Verlauf der Überführung. Nachträglich erschrak sie, als die beiden durch den Windfang kamen mit einem Mädchen, das noch weniger zu dem Bild im fremden Ausweis stimmte, als sie nachmittags gehofft hatten; sie hätte der Göre auch gern den Kopf zurechtgesetzt, die mit dem Wort Freiheit alberte, ihre Stupsnase schwenkte wie etwas Unwiderstehliches, zu Sekt eingeladen und übrigens Maggy gerufen sein wollte, insbesondere weil die wieder und abermals ihre Ängste vor den ostdeutschen Posten aufputzte und nicht die Gefahr für ihre Begleiter begriff und nicht die für eine Studentin, die mit ihrem Ausweis auch einen Fahndungsbefehl an den Landgrenzen Westberlins riskiert hatte. Sie einigten sich über den Kopf des schwatzhaften Dings weg mit einem Achselzucken, das weniger ihrer Aufführung galt als der guten Laune vom Nachmittag, und schickten das Mädchen zu den Verwandten, auf deren Gastfreundschaft sie vertraute. Obwohl sie so zu dritt in den nächsten paar Tagen drei oder vier Leute über die Grenze holten, hatte die Unternehmung den Anschein von Zeitvertreib, geschah vor lauter Möglichkeit, im Glauben aufhören zu können, wie eine Neckerei mit der fremden Staatsmacht und ihrer sammlerwütigen Beflissenheit, die Absperrung vollkommen zu machen, wie ein Spiel, das man kennt, das sich beliebig abbrechen läßt. Sie hatten nicht einmal versucht, es vor den Gästen zu verheimlichen.

Als die ostdeutschen Behörden nach wenigen Tagen die Übergänge für Westberliner Bürger schlossen, vielleicht weil sie mit solcher Legitimation mehr hinausfahren als eintreten merkten, war die Wirtin doch erleichtert; zwar beschämt, weil sie einen letzten Besuch bei Verwandten in Ostberlin versäumt hatte über den Reisehilfen für Fremde; im Grunde froh, nicht mehr Leuten ins Gesicht sehen zu müssen, die um ein Geleit für Geschwister, Verlobte, Freunde einkamen mit Augen, die Tränen androhten, so war sie hereingefallen auf die Bettelei der Grete, vorgeblich Maggy gerufen, um ihr eigenes Personalpapier für eine Freundin aus der selben Schule, und hatte bloß obenhin genickt, als die befangen kam und ihr das geknickte Schreibleinen mit ihrem Bild zurückgab unter Erklärungen, wie man sie einer Schwester schuldig ist; die Wirtin wollte so nicht sich einmischen in unbekannte Lebensläufe, sie wollte nicht straffälliger werden als alle die Westberliner, die einen doppelten Ausweis im Handtaschenfutter, hinterm Hutband, auf den Rücken gebunden ostwärts gebracht hatten in diesen Tagen, sie wollte auch endlich wieder ausschlafen und nicht mit dickem Kopf, beschwerten Augen dastehen, wenn an den Markttagen die Kneipe schon am grauen Morgen aufgeschlossen sein mußte für die Arbeiter, die die Stände und Planen abluden und aufbauten, für die Aussteller, die ersten Marktgänger, die die Alkoholgespenster vom vorigen Abend oder Verschlafenheit erschlagen wollten mit einem frühen Bier, einem schnellen Kurzen, einer ersten Unterhaltung über das Thekenbrett hinweg; sie hatte ihr Leben nicht ändern wollen, ihr war bange genug vor der Rückkehr an die Universität, wo ihr nicht helfen würde was sie wußte über die Einschätzung fremder Gäste auf Zahlungswilligkeit, die Behandlung Trunkener, Skonto bei Barkassa, den Anteil von Kohlensäure im Bier und das Hausrecht in Schankbetrieben. So gab sie sich gedankenverloren, als die beiden Studenten, mit denen sie sich eingelassen hatte auf die Förderung des westwärtigen Personenverkehrs, eines Abends in der wenig besetzten Kneipe ihr die Formalitäten beim Einfluß und Austritt westdeutscher Besucher Ostberlins erklären wollten, mit spitzbübischem Gehabe, harmlos auf dem Brett lehnend, als sei das der Entwurf zu einem Reiseführer; sie sagte dazu kurz: So, und abweisender: So ne Meise, und schließlich: Wie die Kinder, mit unentwegt tieferer, heiserer Stimme wie regelmäßig, wenn sie aufgebracht war; sie machte sich auch am anderen Ende der Theke mit Gläserspülen zu schaffen, polierte sie übermäßig, behauchte und rieb sie abermals; erlöst vom nächsten Gast, der fast unentschlossen auf die Theke zutrat und verblüfft von der Lebhaftigkeit, mit der diese Wirtin eine Bemerkung über den lauen Abend vor der Tür aufnahm und erwiderte.

Sie brauchte lange. Sie erkannte kaum das Gefühl, zu dem ihr Magen sich zusammenzog, schwer und wohlig betäubt; sie hatte nicht Angst gehabt, seit die Sowjetunion die Sperren um Westberlin geöffnet und die Lastwagen und Schiffe mit Lebensmitteln wieder in die Stadt gelassen hatte; sie hatte aber jetzt, vierundzwanzigjährig, mit Geld versehen die nächsten zwei Monate zu leben, zwei Jahre vor dem Examen, mitten im dauerhaften Waffenstillstand, in diesem Moment, beim Anblick ihrer Hände auf der hochgewölbten Zinkblechkante, jetzt hatte sie Angst. Offenbar sah sie jemandem zwischen die Augen und sprach mit dem über den Regen vom vergangenen Monat, dazu entwarfen ihre Hände Gebärden, ihr Gesicht hielt sich daran, sie war nicht dabei. Sie hatte Angst, im Ernst sich anzulegen mit der unbekannten Staatsmacht, die die Stadt umstellt hielt. Es war ein Spiel gewesen, Räuber und Gendarm für Erwachsene, den Schießposten ein paar Bürger wegzutäuschen unter den sehenden Augen, damit Liebschaften, Lebenspläne zusammenkamen, eine Nothilfe, Zusammenhalt unter Nachbarn, ein Vorgriff auf den normalen Abbruch der Grenze zwischen ihren beiden Städten Berlin, ein Vorgriff auch auf politische Handlungen, die den Alliierten Mächten, der Macht des westdeutschen Bundes zustanden; dagegen meine einzelnen Knochen: dachte sie, sagt sie. Ihre Erfahrungen mit öffentlichen Katastrophen, dem Blockadewinter 1948, dem ostdeutschen Aufstand 1953, dem ungarischen Aufstand 1956, den schmutzigen Kriegen des Westens in Indochina, Ägypten, Algerien, Laos, Vietnam, ihre Erfahrungen waren Empörung gewesen, wie die Erziehung vorschrieb, und Ohnmacht, wie die Machtverhältnisse erlaubten; an Anstand war nicht mehr als Aufmerksamkeit verlangt worden, daraus sollte sie gelernt haben, vergiß es: dachte sie, sagt sie, und ehe sie sichs versah, hatte sie sich zum Flaschenbord umgewandt und schrieb den beiden Studenten je eine Flasche Kola auf die Platzzettel, als könne sie sich so von denen trennen, nachdem sie ihnen an den vorigen Tagen nur jede zweite Flasche angerechnet hatte, schämte sich gleich, stellte zwei Gläser auf die Bierbrücke und schwenkte die Kornflasche darüber, sagte aber, als sie die Schalen auf das Brett zwischen die Ellbogen knallte: Wie die Kinder, mit Kopfschütteln und einem Lächeln, als sei es ihr ernst.

– Sieh da die guten Verlierer! begrüßte sie den Einzug der Skatclique, – Tach der Herr Heizer! sagte sie, – Was machen denn die lieben Kinderchen? zu einem Verächter der weiblichen Geschlechtsteile; sie hielt sich lange auf bei Bestellungen an den Wänden, öffnete umständlich die Luftklappe über dem Eingang, warf auch eigenes Geld in die Musikautomaten, es ging ihr noch lange nicht laut genug her, sie war nicht gänzlich abgelenkt, sie erwischte sich zu oft bei Seitenblicken auf jenes Ende der Theke, wo die beiden ihre Gläser drehten, krumm aufgestützt vor sich hin sahen auf nichts, mit einem Male sonderbar zusammengehörig, vielleicht kurz vorm Weggehen, vielleicht gar nicht verlegen um Erklärung für das verzickte Getu, womit sie die hatte abschieben wollen. Es war ihr ganz und gar nicht recht. Es saß ihr im Nacken, und sie wünschte die vergangenen, die normalen Zeiten zurück, als die bloß den Abend hatten verbringen helfen, mit Gesprächen über Jobs, Professoren und wissenschaftliche Einzelheiten, das war alltäglich gewesen, da war sie mit nicht mehr geneckt worden als mit ihrem Haarschnitt aus der Herrenabteilung, mit ihrem kräftigen Busen und einer Vorliebe für Pullover von fromm anmutendem Talarschwarz, ohne daß sie denen die linke Hand auffälliger hätte vorhalten müssen, an der sie einen Ring trug wie eine Verlobte; sie war mit denen an betriebsfreien Abenden in die Stadt gegangen zum Essen, zu Jazz, zum Tanzen; sie kannte die aber nicht verläßlicher als andere, deren Ellenbogen ihren gestreift hatten, in der Mensa, die ihr im Hörsaal einen Platz freihielten, mit denen sie auch ins Kino, zum Baden gegangen war; sie hatte die aushalten können, sie war mit deren Aussehen, Stimmen, Ticks, Meinungen ausgekommen, sie hätte die leicht unter hundert ähnlichen herausgefunden, sie hatte sich auch gewöhnt an das dünndrahtige Brillengestänge, das dem einen im Gesicht saß wie ein exotisches Insekt, sie war mit denen bekannt in der Nähe von Freundschaft; sie wollte die nicht so genau kennen, daß sie denen Nachmittage hinter dämmerbunten Kirchenfenstern beim Unterricht für die Konfirmation, die Äußerung eines Lehrers über Literatur des achtzehnten Jahrhunderts hätte angeben sollen als einen Grund, aus dem Leuten über die Grenze zu helfen wäre; sie wußte von denen so wenig, daß sie solche Pläne eher anderen Bekannten angesehen hätte; sie mochte die nach Gründen dafür nicht fragen im Vergleich zu den neugierigen Ansichten, die die vom Kommunismus, zu den Entschuldigungen, die die für den ostdeutschen Staat vertraten; sie hatte denen ja nicht einmal das Handinnere gewiesen, wo der Ring, der sie nach außen für vergeben ausgab, einen billigen kleinen Stein, das Zeichen einer Schülerliebe hatte. Sie war mit denen durch nichts als ein Drittes verbunden, und es reichte ihr damals nicht aus dafür, vorsätzlich, anhaltend und in Gemeinschaft mit anderen die Gesetze zu umgehen, die im Osten wie im Westen der Stadt peinliche Strafen androhten für den Mißbrauch von staatlich ausgestellten Personalpapieren. Später, als Mißbrauch nicht genug verschlug, machte ihr auch Fälschung nichts aus, mochte da sogar die Heiligkeit ausländischer Pässe beschädigt werden mit drei Tintenstrichen, dem Austausch der Fotografien und mit Stempeln von der Haut eines Hühnereis.

Und doch, als sie an diesem Abend vernehmlich Feierabend! ausrief, den Auszug und die Verabschiedung der wenigen Gäste so unerschrocken abwartete, als habe sie sich das schon alle Abende herausgenommen und erwachsene Leute nach Hause geschickt, als sie die Außentür verschlossen hatte und bei kleinem Licht sich mit den beiden Studenten verabredete, während sie die letzten Gläser säuberte und die Theke putzte, in den Ohren hatte sie doch das Feigling! Feigling!, mit dem Schüler, Unerwachsene, einander in unnütze Risiken hetzen und sich hetzen lassen, um sich die Achtung der Gruppe zu erhalten, wie immer blödsinnig der Preis dafür sei; so entschieden sie sich drängte, sie fühlte sich gegen ihren Willen gedrängt, vielmehr gegen die geringfügige Verlangsamung des Blutpulses, die sanfte Ertaubung der Nerven in der Nähe des Magens, gegen die besserwisserische Angst. Sie blieb auch bedacht, die Zusagen niedrig zu halten. Den Blick auf den Zapfhähnen, den Glasrändern, dem Tropfblech, die sie polierte, mit zwar beständiger, aber heiserer Stimme, bestand sie darauf, etwa, mit dem neuen Trick nur noch die drei abgezählten Leute in den Westen zu holen, für die Verlobte, Freunde, Verwandte ausdrücklich gebeten hatten, und mehr nicht, als habe sie es da zu tun mit Aufträgen, die man zurückgeben kann. Sie hatte sich selbst täuschen wollen; und hatte doch an der Grete, vorgeblich Maggy, sehen können, wie die Nachricht von der Abreise nur einer Person da sich ausgebreitet hatte über andere Insassinnen des Lernheims, über eine Freundin, die Eltern, ja sogar Nachbarn und bloß Bekannte zu Leuten, die sich jetzt auf die Grete beriefen und ein gleiches Recht auf Hilfe beim Überwinden der Modernen Grenze; sie wollte an die nächste Woche, den Herbst einstweilen nicht denken. Dabei kam sie sich kleinlich vor, feige, weil sie mit so wenig Beihilfe so lange gezögert hatte, als sei es nicht das Nächste, das eigene Telefon zu verleihen an Gleichgesinnte, die mit ihren illegalen Ferngesprächen nicht gut an den Apparat einer Zimmervermieterin gehen können, als sei es nicht selbstverständlich, drei Stunden am Nachmittag in eiligen Sachen Komplizen durch die Stadt zu fahren, die es über ihrem Studium und notdürftigem Geldverdienst nicht einmal zu einem Führerschein hatten bringen können, als sei es nicht die mindeste Hilfe, die Leute der eigenen Bekanntschaft samt ihrer Ähnlichkeit mit Leuten aus Ostberlin anzudienen; als habe sie nichts zu tun mit der Absperrung der Stadt, und den Leuten, die in die Stadt wollten. Die Verabredung dauerte nicht lange. Eine Stunde nach Mitternacht klopften Kunden, die da zu solcher Zeit noch immer zu einem letzten Schluck gekommen waren, an eine verschlossene Tür. Die drei hatten sich auf nichts die Hand gegeben. Sie hatten nicht noch gemeinsam den letzten Schnaps getrunken, den sie sich bis zum Februar gönnen durften. Sie waren so wortkarg wie Übermüdete auseinandergegangen. Als die Wirtin das bröselnde Wasser abstellte, war sie erschrocken über die Stille, als sei die eben anders eingetreten als erwartet und gewohnt.

Das zweite Verfahren zielte darauf ab, dem jeweiligen Passagier aus dem Osten ein westdeutsches Vorleben anzutäuschen bis zu dem Moment, da er den Kontrollbezirk eines Grenzübergangs betrat. Dazu bedurfte er eines westdeutschen Personalpapiers, in dem die Fotografie und die polizeilich festgestellten Kennzeichen von seiner eigenen Person hätten abgenommen sein können,und eines dazu ausgeschriebenen Tagespassierscheins, auf dem ein Einreisevermerk ihm das Recht zur Ausreise in Begleitung des darauf erwähnten Ausweises unterschob. Dazu mußte der Westdeutsche, als dessen Verkörperung der Passagier auftreten sollte, vorher mit seinem Ausweis oder Paß in Ostberlin einreisen und den so erworbenen Passierschein bei der Ausreise in den Westen mitnehmen mit der Behauptung, er wolle am gleichen Tag oder Abend noch einmal zurückkehren zu einer öffentlichen Veranstaltung, Theater, Kino, Oper, nicht aber zu privaten Adressen, damit eine Nachprüfung erschwert war. Den so ausgestatteten Ausweis mußte eine dritte Person, Kurier genannt, nach Ostberlin zurückschmuggeln und dem Passagier übergeben, den außerdem unterrichten über die Örtlichkeit und Praxis des Kontrollbezirks, den er vorgeblich bereits dreimal passiert hatte, ehe er zum ersten Mal tatsächlich über die Schwelle kam. Die Vorarbeit war, für den Reisewilligen eine Akte mit seinen äußerlichen Kennzeichen und seiner Fotografie anzulegen, dann dazu eine westdeutsche Person zu suchen, die außer vergleichbaren Kennzeichen und ähnlichem Äußeren noch die Bereitschaft aufbrachte, mit der Beschaffung des Passierscheins und dem Ausleihen des Personalpapiers sich selbst ins Unrecht zu setzen bei den ostdeutschen Behörden, deren Befugnis zur Strafverfolgung sie ja anerkannt hatte mit dem formlosen Antrag auf eine Eintrittserlaubnis. Das Verfahren war gesichert durch einen eingebauten Alarm und konnte harmlos aufgegeben werden, als dem ersten Westdeutschen kein Passierschein mehr für ein ostdeutsches Double nach Westberlin mitgegeben wurde und der Kurier die Absage statt der Reisepapiere noch so rechtzeitig an den wartenden Passagier übergeben konnte, daß der ohne Aufsehen zurückgehen durfte in die Wohnung, in der er zum Wohnen nichts mehr besaß, und in die Lebensweise, auf die er voreilig verzichtet hatte. Damit war es aus. Es wurde auch nichts aus dem Vorhaben, die Passierscheine gleich in Westberlin zu drucken und zu stempeln, denn da fand sich kein Papier, das dem ostdeutschen vergleichbar gewesen wäre. Das Verfahren war ergiebig gewesen, da die benötigte Ausweisart von einem umfangreichen Personenkreis bezogen werden konnte, rasch, da ein Ersuchen um Reisehilfe in der Regel aus einem Vorrat verwendbarer Ausweise hatte bedient werden können, nahezu narrensicher, wenn auch manchem freiwilligen Kurier die Verwegenheit ausgeredet werden mußte und die allenfalls fälligen Haftstrafen eingebläut, und sparsam, denn die Studenten, die zwischen ihren Vorlesungen und ihren Jobs Passagieren auf der anderen Seite den Termin und Treffpunkt für den Beginn des Übertritts, oder den vorbereiteten Ausweis, überbrachten, kamen mit eigenem Stipendiengeld oder mit Einkünften aus der Nebenarbeit auf für Fahrtkosten und für solche Ausgaben, wie unverdächtige westdeutsche Besucher sie machen an den Kassen Ostberliner Gemäldeausstellungen, in Gaststätten beim Warten, beim Erstehen unnötiger Mitbringsel. Das Verfahren war nicht gescheitert an ihm eigenen Mängeln, sondern an dem kleinmütigsten Verdacht, auf den die ostdeutschen Behörden verfallen waren angesichts aufgegebener Mietzimmer und Wohnungen, verlassener Arbeitsplätze. Episodisch war eine Beteiligung an dem Versuch, Passagiere durch die Abwässerkatakomben der einstmals verbundenen Städte zu überführen, bis die ostdeutsche Grenztruppe unterhalb ihrer Sperrbefestigung Gitter einbetonierte, die Menschen nicht mehr durchließen; erfolglos war eine Anstrengung, ein Auto mit Hohlraum, das eine Scheinfirma mit 1600 Prozent Gewinn in täglichem Grenzverkehr laufen ließ, zu erwerben und zu den Selbstkosten zu betreiben. Das dritte Verfahren, vorsorglich eingeübt, legte es darauf an, ostdeutsche Passagiere zu verkleiden als nichtdeutsche Touristen, schloß aber Pässe des politischen Ostblocks aus, auch die einiger ostasiatischer Länder, ausnahmslos die von Personen aus jenen drei Ländern, deren Militär das Gebiet von Westberlin besetzt hielt. Das dritte Verfahren war langwierig. Der Personenkreis, der die neue Art Ausweis hätte verleihen können, war zwar der Zahl nach größer, im übrigen verringert durch die Abneigung, gerade Deutschen zu helfen, von allen Menschen auf der Welt gerade denen; auch waren die Inhaber solcher Pässe weniger leicht zu treffen, heikler anzusprechen. Dies Verfahren war langsamer. Die Identitäten ließen sich aus Gründen der Physiognomie weniger oft übertragen, so daß gelegentlich eilige Passagiere mit einer hergestellten Identität geschützt werden mußten statt wie herkömmlich mit Ähnlichkeit, und nicht nur waren kaum Hände zu finden, die sich verstanden auf die Nachahmung von Schrift und Tinte und Stempel, auf die erstaunlich fragilen Heftnieten, mit denen die meisten Staatsgewalten Bilder ihrer Bürger ans Papier nageln, diese Hände brauchten auch Zeit. Die Identitäten ließen sich auch weniger sicher übertragen, aus Gründen der Nationalsprachen. Zudem, unter dem Eindruck von Todesfällen an der Grenze, nach den ersten Verhaftungen und Urteilen gegen Reisehelfer erkannten viele Kuriere, daß der ostdeutsche Staat das Besitzrecht an seinen Bürgern nicht mit der linken Hand verteidigte, und besannen sich auf die vernachlässigte Universität. Dies Verfahren war aufwendiger. Die Pässe mußten anfangs auf teuren Reisen im Ausland beschafft werden. Eine Menge Testreisen im ostdeutschen Gebiet wollte bezahlt sein, ehe verläßlich erhoben war, an welchen Stellen der Land-, Wasser- und Luftgrenze ein neutraler Ausländer es überhaupt verlassen konnte; diese Ausgänge waren regelmäßig nachzuprüfen. Drittens, das vorgetäuschte westliche Vorleben der Passagiere mußte inzwischen verlängert und vervollständigt werden mit kostspieligen Kleidungsstücken, Gebrauchsgegenständen und allerhand, am besten noch nicht eingelösten, Reiseausweisen, denen eine andere als westliche Herkunft nicht nachgewiesen werden konnte. Das Verfahren war mehr riskant. Es konnte nicht von bloß drei Leuten überwacht, gesteuert und korrigiert werden, mit der Zahl der Mitwisser wuchsen auch die Chancen ostdeutscher Kundschafter. Riskanter auch, weil die ostdeutschen Kontrollbehörden mittlerweile rascher lernten von den westlichen Methoden, die Kontrolle zu täuschen, und denen am Ende immer einen Schritt voraus waren mit unregelmäßig ausgewechselten Stempeln, mit der Zählung aller Einreisen, mit dem Haftbefehl für den überzähligen Ausreisewilligen. Das Verfahren mußte aufgegeben werden wegen der Mängel, die ihm eigen waren. Alles hatte nicht länger gedauert als vier Monate. Vom Ende her sah der Anfang nicht mehr unausweichlich aus, vom Ende her gesehen steckte der Anfang voller Irrtümer.

Bis in den kahlen Januar stand auf dem Transparent der Kneipe noch der Name der Ubahnstation, der sie benachbart war, pünktlich an den kältesten Herbstmorgen wurde er von hinten beleuchtet, wenn die Lastwagen mit den Marktständen anfuhren und die Ware, Fisch, Fleisch, Gemüse und Gartenzwerge, ausgelegt wurde unter den Leihplanen, kaum ging Kundschaft verloren durch die nachmittägliche Schließung, alle kamen, die gekommen waren. Da kam die Skatclique, regelmäßig wie das Wetter, und sagte in der Ecke die Litaneien des Spiels; da kam der Mann mit dem fetten kurzbeinigen Hund, zu dem er in einer Kindersprache redete; da kam der Mann aus der geschiedenen Ehe, gegen die er antrank seit einem Dezennium; da kam jener Autohändler, der allein in vier Zimmern lebte, seit die Frau ihm weggegangen war, der das Telefon abgemeldet, die Klingel abmontiert, die Tür mit fünf Schlössern verbarrikadiert hatte, um die Frau an der Rückkehr zu hindern. Da kam jener Herr, der sein Pilsner bestellte mit dem philosophischen Satz: ich möchte noch einmal Nichts, gnädige Frau; da kam in Uniform zum Würfeln der Polizist, über den manche Laufkundschaft erschrak, da kamen die Leute vom Markt, vom Kaufhaus, in Zivil verlaufne Amerikaner, da kam das Rentnerpaar dreimal in der Woche und wollte mit Groschen die Spielautomaten überlisten, und manchmal kam ein Paar von Kindern und kaufte zwei Flaschen Kola zum Mitnehmen und hatte nur kleines Geld. Da kamen eine kurze Zeit lang fremde junge Leute und gingen nach den ersten Schlucken auf den Gang zur Toilette, traten aber schon durch die erste Tür in das Speiseabteil, wo früher auf weißen Tischtüchern Erbsensuppe mit Spitzbein aufgetragen worden war zum ›schwachen‹ Bier, und Linsensuppe mit und ohne Wursteinlage, Kassler Rippchen mit Sauerkraut, Königsberger Klopse, und freitags Rotbarschfilet mit Kartoffelsalat und ›blasser‹ Gurke, wo jetzt zwei Studenten saßen bei Wasser und Zigaretten und Paßbilder verglichen, Stadtpläne anzeichneten und Ausweise sammelten in einem umlederten Aktenkoffer aus Stahl, den ein vierstelliges Ziffernschloß verhakt hielt. Da kamen eines Vormittags Herren zu zweit und stemmten die Ellenbogen aufs Thekenbrett und wollten den Namen des Lokals gehört haben von einem ostdeutschen Passagier, der mittlerweile als Flüchtling eingebürgert wurde im Lager, und packten auf das durchbrochene Blech eine Skizze der Raumverteilung in einem Grenzbahnhof der Oststadt, und wollten darüber mit der Wirtin so unverdrossen reden, bis ihr das Glas mit dem abgestrichenen Bierschaum über das Pausblatt kippte, denn sie hatte deren leutselige Erkundigungen lange genug erwidert, als seien die verirrte Touristen; die verwechselten im Gang nach hinten noch die Tür zur Toilette mit der zum alten Speiseabteil und rannten da im Finstern gegen aufgetürmte Tische und verstaubte Stühle, die die krummen Beine nach oben reckten; die kamen in dies Lokal nicht wieder, es mochte ihnen zudem das Sortiment der vorrätigen Getränke nicht zugesagt haben. Da kamen Anrufe über das verschrammte Münztelefon neben der Theke und wurden von der Wirtin nach dem zweiten Rasselzeichen bedient, neuerdings mit Redensarten aus der Welt des Kartenspiels, seit in der Leitung ein Ton brummte, wie Anzapfstellen ihn verursachen; das war einer von den Apparaten, die der Pächter mit einem mehrbärtigen Schlüssel umstellen kann auf einen Zähler, der Gespräche in jene Zonen mißt, wo zwei Groschen nicht hinreichen. Da kamen von den Studenten nur noch wenige, seit das Wintersemester lief, und von Herbst an saß auf dem Hocker gegenüber dem Spülbecken oft am Abend ein junger Westdeutscher, ein Holsteiner, und trank so schweigsam so reichlich Bier, als würd ihm Liter für Liter erstattet von einem der Geheimdienste, aber an der Theke wurden die Wege nicht erörtert, auf denen noch Leute aus der Umgebung der Stadt über die Einzäunung kommen konnten, und am Ende war dieser sauertöpfische, fette Typ doch nicht deswegen so aufs Zuhören bedacht, nicht deswegen so maulfaul gewesen. Da kam, und blieb bis zuletzt hinter der Theke, eine junge Schäferhündin, Henriette gerufen, ein gelassenes, hochmütiges Tier, und lief beharrlich hin und her neben den Unterschränken, wenn die Wirtin Getränke austrug, oder Eßwaren aus der Küche holte, oder mit der Schulter am Telefonkasten lehnend den Hörer in der gewölbten Hand ans Ohr stützte und den Auswärtigen antwortete mit einem geringfügig beengten, harten Ton, der auf unzureichenden Aufnahmegeräten leicht anzuhören sein mochte wie ein männlicher. In den Keller wurde keiner mehr gebeten zum Anstechen; auf der Kellerluke lag der schwarzgelbe Hund und hob das Kinn von den Pfoten, wenn vier Meter von ihm ein Gast einen halben Schritt tat in den Thekengang, und stand bei einem ganzen Schritt aufgerichtet unterhalb der altertümlichen amerikanischen Kasse, die nicht einmal zählen konnte, geschweige denn die Einnahmen aufschreiben. Da kam in der Regel gegen Mitternacht, und war ein Stammgast seit dem Sommer, einer der Studenten, aber die Skatclique, die eingeführten Gäste sahen über ihn hinweg, an ihm vorbei, vielleicht weil die Wirtin ein Tablett mit eben gebrühtem Kaffee aufs Thekenbrett schob, sobald der sich niedergelassen hatte, oder weil der Hund seinetwegen die Wache verließ, ihm die harte schwarze Schnauze ans Schienbein drückte, ihm mit den langen Pfoten aufs Knie stieg wie zu einer Begrüßung, oder weil die Wirtin dem aus dem großen Kassenschubfach, in dem sie die Schuldscheine aufbewahrte, Bierzettel mit Telefonnotizen übergab in einem halblauten Gespräch, das nicht heimlich aussah, sondern geschäftsmäßig und vertraulich; manchmal aber stand sich der Kaffee kalt in der tüllenlosen, angeknacksten Kanne unter dem Automaten, die Wirtin sah gedankenvergessen vor sich hin, ungefähr in die Richtung des unbesetzten Hokkers, die Arme unter der Brust verklammert, auf der inneren Unterlippe kauend, wie eine Horchende; dann blieb die Skatclique wohl noch an der Theke stehen und verschob den Auszug und trank noch einen auf den Weg. Da war nichts zu sehen. Die neue Bewirtschaftung des Lokals war nicht bescholten bei der Polizei für bürgerliche Ordnung, und von den Gästen wußte keiner, was denn hier die Neutralität der Hausbesitzer, die diesen straßenbreiten Mietblock als Rücklage für Fährnisse ihrer Ladenkette aufbewahrten, hätte gefährden sollen gegenüber der hiesigen wie der benachbarten Staatsmacht, so daß die berühmte und großmächtige Firma, gegen eine notariell gesicherte Beglaubigung ihrer Unschuld an Reisehilfen für Ostdeutsche, die Kündigung des Mietvertrages für die Kneipe zurücknahm. Das war ein gewöhnliches Lokal, und wie allen Wirtsleuten in Westberlin stand es dieser Inhaberin einer Konzession frei, die Polizeistunden nach beliebigem Ermessen anzusagen, mochte sie dabei in den frühen Morgenstunden vor Müdigkeit mit dem Handrücken die Stirn massieren oder mit den Spitzen der Finger, in denen sie die Zigarette hielt, auf der Oberlippe umhertasten wie ein übernächtigtes Kind, dem vor dreiundzwanzig Jahren das Daumenlutschen untersagt worden war. Da war nichts zu sehen, und nicht einmal Fotografien davon hatten den nötigen Wert, die waren nicht zu verkaufen.

Aber die Kneipe hatte das andere Geschäft von Anfang an nicht tragen können, die Steigerung des Bierumsatzes um zwanzig pro Hundert war draufgegangen mit Malerarbieten in der Küche, Reparaturen an den Toiletten, und wenn auch im Dezember eine Stammtischrunde, mit dem Wirt auf der anderen Seite des Platzes überworfen, hierher überwechselte, ein großer runder Tisch für sie mußte doch erst gefunden und bar bezahlt werden. Die Kosten des anderen Geschäfts waren nicht aufzuhalten, nicht einzuholen. Die Kosten für die Reise der Grete, den Antrag Nummer 1, hatten noch umgerechnet werden können auf eine Schachtel Zigaretten: zwei Fahrkarten hin, drei Fahrkarten zurück. Dann aber, und niemals die Zeit gerechnet, weil der Zeit von Studenten der eigentümliche Preis noch fehlt, hatte für die Überführung eines einzigen Passagiers bald so viel aufgewendet werden müssen wie für zwanzig Liter Benzin, oder vierundzwanzig oder neunzehn. Die Erledigung des Antrags Nummer 73 hatte noch den zehntel Preis eines durchschnittlichen Autos erfordert, Nummer 90 den Gegenwert von einem achtel Auto, und ab Nummer 400 waren jeweils zwei Überführungen ungefähr so teuer gewesen wie ein vollständiger Serienwagen der Mittelklasse. Die Kosten mußten vorgeschossen werden, da die Reise der Passagiere nicht bezahlt werden konnte in der Währung der Passagiere, da deren Währung nur noch den sechsten Teil jenes Geldes wert war, in dem die Kosten aufgebracht wurden, da die Passagiere gerade von ihrer Währung nicht einen Pfennig mit sich führen durften, da die Angehörigen der Passagiere, zu denen die Reise ging, in der Regel nicht darauf gespart hatten. Die Vorschüsse mußten meist abgeschrieben werden als verloren, da die Passagiere den ersten Lohn in der neuen Währung brauchten für Kleidung, Zigaretten und die erste Rate für ein Taschenradio, da sie beim zweiten Lohn mehr für ein Wunder und Schicksal ansahen, was sie von ihrer Vergangenheit getrennt hatte, und nicht mehr für eine Hilfe zu den Selbstkosten. In der Regel. Da war nichts getan mit den Kleinkrediten ›für alle vertretbaren Zwecke‹, weil die Banken einen solchen Zweck nicht vertreten wollten; da verschlugen nur wenig die Stiftungen der Skatclique, kleiner Händler, mittlerer Angestellter; und überdies hatten die für jene Zeit, die sie nun nicht zu eigenen Nutzen hinter dem Ladentisch gestanden, der Schalterschranke gesessen hatten, mit eigenen Augen jenen Ostdeutschen, jene Ostdeutsche sehen wollen, denen sie zu einem Paß, westlichem Anschein, der Ankunft im Westen verholfen hatten, und die natürliche Befangenheit der Wohltäter war unwillkürlich verstimmt, wenn so ein Passagier nicht die Kennzeichen von Hunger oder Not aufwies, die eine öffentliche Meinung von ihm erwartete, und nur zu wenigen Worten bereit war über die Person, derentwegen er auf seinen Staat verzichtet hatte, oder zu allzuvielen Worten über das mangelhafte Angebot von Produkten der Leichtindustrie in dem verlassenen Lande und die freie Marktwirtschaft in diesem; nachdem die Wirtin nur zwei solcher stockenden, ratlosen Gespräche an dem gelben Rundtisch angesehen hatte von ihrem Platz hinter der Bierbrücke, oft den Blick abwendend, unbehaglich die Füße versetzend, angesteckt von der Peinlichkeit des Vorgangs, so daß selbst ihre Haltung, die in die Taille gestemmten Hände, linkisch erstarrten, danach nahm sie von denen kein Geld mehr und erklärte das Unternehmen für aufgegeben, obwohl die ihre Stiftungen verfallen ließen, und neue anboten, wenngleich ohne das Verlangen, noch eine unterstützte Person kennen zu lernen. Diese Gruppe von Reisehelfern, übrigens unter dem Namen der benachbarten Ubahnstation bei der gewerblichen und kriminellen Konkurrenz verhaßt wegen Preisdrückerei, der Beschränkung auf die sachlichen Kosten, belächelt wegen des Verzichts auf Vorauszahlungen, überhaupt als Gruppe nicht eingerichtet und somit keine rechtsfähige Einheit, war gezwungen, ihre Verschuldung unbürgerlich, also schamhaft zu betreiben. Schamhaft, weil einer einen Voranschlag nicht versteht, der eingekommen ist um Unterstützung für Sohnesliebe, Verlobtentreue; schamhaft, weil das Ersuchen um ein Darlehen für ungesetzliche Reisen nichts bedeutet als den Versuch, noch Dritte zu einer strafbaren Handlung, der Fälschung und dem Mißbrauch staatlicher Papiere, zu verleiten; schamhaft, weil für den Kredit keine Sicherheiten zu verpfänden waren, ausgenommen ein winziges Trinklokal, dem nicht einmal die Brauerei stundete; schamhaft, weil wohlgelittene und angesehene Personen, im geschäftlichen Leben seit Kriegsende eingeführt mit wachsenden Gewinnrechnungen und vertrauenswürdigen Produkttiteln, versucht waren, ihre eigenen Ansichten von Anstand und Ostdeutschland mit gutem Geld zu verwirklichen, und nun fürchteten, mit allem ihrem Ersparten, sei es ein zehnjähriger Rasen, eine Sammlung taxierter Möbel, eine Zigarettenfabrik, einstehen zu müssen für den Unwillen des umgebenden ostdeutschen Staates, und das für nichts als einen Borg im Gegenwert eines nicht standesgemäßen Autos, und das, ohne daß der eigene Staat einen Fingerzeig gab oder eine Bürgschaft; schamhaft schließlich, weil sich für einen unbürgerlichen Dummerjan zu erkennen gibt, wer acht Prozent Zinsen zahlt auf ein halbes Jahr, und ohne was davon zu haben. In dieser Lage, als sie an Geld so viel Schulden hatten, wie andere Leute auf ein Haus mit Garten verwenden, machten sie den Versuch, die Kneipe in Barmittel umzusetzen, nicht stückweise, auch nicht im Ganzen, wobei der Ausdruck Kneipe stand für das Unternehmen, Ostdeutschen in den Westen Deutschlands zu verhelfen. Sie setzten also ihre Hoffnung in die öffentliche Meinung.

Denn die öffentliche Meinung, vornehmlich drei illustrierte Wochenzeitschriften mit großer Auflage, ein verbreitetes Nachrichtenmagazin und ein zu dreieinhalb Millionen Stück verkauftes Groschenblatt, hatte die neue Form der Grenze in Berlin angenommen, angelockt von dem optisch mehr ergiebigen Effekt, den eine Grenze in einer Stadt macht mit Stacheldraht und Maschendraht und Stolperdraht und Hohlblocksteinen und armiertem Beton und ganzen Häusern, mit Stadtbahndämmen und Ufermauern und Rinnsteinkanten und gedachten Linien zwischen Bojen auf dem Wasser, eingängiger offenbar als die um elf Jahre ältere Grenze zwischen dem westdeutschen und ostdeutschen Gebiet aus ähnlichem Draht und vergleichbarer Bewachung und nicht weniger wirksamen Minen. Dann doch abgeschreckt von der widerlichen Möglichkeit, den Namen von zwölf Jahren Politik zur Wiedervereinigung im einzelnen zu vergleichen mit den beschossenen Linien zwischen den beiden Staaten, auch abgeschreckt von der heikleren Aussicht, dem ostdeutschen Staat nicht nur Brutalität, sondern auch volkswirtschaftliche Gründe zubilligen zu müssen, wandte die öffentliche Meinung sich von neuem den Ablenkungen zu, die seit zwölf Jahren kräftiger waren, als da immer noch sind die öffentlichen Mädchen von Film und Schallplatte und häufig wechselndem Geschlechtsverkehr, das Auto jährlich neu, die Todesstrafe für eine bestimmte Sorte Leute, Markenartikel und repräsentativer Konsum, nicht zu vergessen das Tun und Lassen einer geschiedenen Frau, weil sie von einem wahrhaftigen Kaiser geschieden war, aus vielbeseufzten Gründen. Die öffentliche Meinung behielt aber die äußeren Seiten der veränderten Grenze im Auge, vor allem wegen des Genußwertes, den scharfe Schäferhunde und spannende Fluchtversuche, wenn möglich von Häuserdächern herunter, auch der Antikommunismus darstellten, somit den Verkaufswerten sexueller, krimineller und amüsanter Natur ganz ebenbürtig. Diese öffentliche Meinung, vertreten durch Feature-Redaktionen, Chefreporter, Lichtbildmacher, sowie die Abonnenten, war süchtig genug, Ereignisse eigens herzustellen, um die Nachfrage zu befriedigen, wo noch kein Tunnel war, finanzierte sie einen, sie machte Helden aus Leuten, die auf dem Bett liegend abwarteten, ob die Fünfmarkjungen zurückkamen mit einem Stück Mensch und einer Faustvoll Geld, sie kaufte und verarbeitete die Weltfilmrechte am Leben von Personen, die noch gar nicht erschossen waren. Die öffentliche Meinung, vorgeblich im Bemühen, die Trennung der beiden Volksteile zu überwinden, sah an ihr vorbei auf appetitlich servierte Details von der bedeutsamen Art, daß ein Tunnel durch Sandboden unter Häusern hindurch bergmännische Techniken erfordert, daß die Rohre der Abwässerkanalisation zu Gewölben gemauert sind und unterirdisch aussehen und ihr Methangas explosiv ist, oder daß einer aus Lichtenberg in einer Uniform aus dem Kostümverleih nach Schöneberg gekommen ist, denken Sie mal. Diese öffentliche Meinung verlangte Nachrichten zur Lage, seien sie hart, und bediente sich mit Gruselei, dem Schreck, der Angst der jeweils anderen, und gierte nach jedem Loch im Zaun, jeder noch nicht eingesehenen Waldecke, einem noch nicht durchschauten Trick, die eben noch begehrbar waren, und tat sich daran gütlich, bis die Lücke in der Sperre zugezogen war, die Waldecke voller Hunde und Minen, der Trick im Album der Kontrolle, als sollte von da keiner kommen. Mit diesem verfressenen, übermästeten Ungeheuer wollten die von der Henriettenstraße sich einlassen, um noch den einen, wieder einmal letzten, Antrag zu erledigen, eine junge Krankenschwester zu holen, weil sie anderen Passagieren geholfen hatte, weil sie einen heiraten wollte auf dieser Seite des verbliebenen deutschen Gebiets; dafür wollten sie das zweite Verfahren der Überführung, die Episode mit den Gullies, die Zwischenfälle mit den Autos erzählen.

mit der verführerischen Ankunft einer sicheren Maggy als Aperitif, anregend garniert mit Geschichten von der kriminellen Konkurrenz, damit der Agent der ungenierten Presse es auch fraß, und dafür bezahlte mit Geld, gut für eine Passage. Der Agent rührte das Material nicht an, das nannte er trocken Brot, der wollte genug Andeutungen des dritten Verfahrens, die gereicht hätten zu einer, neckisch getarnten, Falle im Vierfarbendruck, er wollte Fotografien von nicht weniger als vier Passagieren, mit deren Interviews, er hatte für sein Gebot eine Vollmacht bis zum Gegenwert eines deutschen Sportwagens. Also wurden keine Genußwerte verkauft, sondern das Lokal wie es war, mit Inventar und Umsatz, und der Paß für die Krankenschwester ging in einer ausländischen Autotür nach Ostberlin als der letzte, dazu hatte die Anzahlung für die Kneipe gereicht.

Der Verkauf der Kneipe, ihr letzter Abend, der Abschied wurde begangen. Feste feiert sachkundiger, dem der Hals innen hart wird, das Atmen inmitten Gelächters stockt, den hinter den Augen Tränen drücken. An diesem winterlichen Nachmittag, in der Höhe bunt von Sonnenschlitzen im schneedicken Gewölk, als noch die städtischen Rinnsteinfräsen den Schneematsch abkehrten, blinkten schon die Fenster der Kneipe mit weißem Licht auf den trüben, feucht überwindeten Platz, da fing innen an der Theke wieder gewöhnliche Zeit an und verging von nun an wieder für jeden allein, nicht mehr eingeteilt in technische Größen für den Postweg versiegelter Luftpostbriefe, die Fahrt internationaler Züge von einem zivilen Bahnhof bis zu einem bewachten, für das Nacheinander des Reisebetriebs; da waren fünf Monate drangegeben, die Farben und die Nässe des vergangenen Herbstes verloren, da begann nunmehr Alltag von neuem. Da war an den Personen nicht länger die Funktion erheblich, jetzt die Person; da war einer jetzt ein Musiker, der seine modernen Kompositionen nicht verkaufen konnte und Geld verdienen würde mit dem Schreiben moderner Komposition für einen Film, in dem ein junger Musiker moderne Komposition nicht verkaufen kann, bis das Wunder geschieht; da war die Wirtin eine Studentin, ihr Haar weniger rötlich, die blonden Wimpern kreuzquer verfilzt um mandelförmige graue Augen, und auf die Frage nach der inzwischen vernachlässigten Verlobung hob sie die innere Hand und zeigte den Stein im Ring und sagte mit tiefem, ärgerlichem Ton: Wie ich denn das finde, und lachte, lachte innig über einen starr geöffneten Mund, einen verdutzten Blick, und sagte: Du kuckst, wie 'n Auto. Da schob sich Otto in die Tür, Otto genannt der Heizer, weil er hieß wie eine allgegenwärtige Reklamezeile endete, und nicht verwechselt werden mochte, und bestellte einen Getreidekorn, der hier aber Hühnerfutter hieß, und glaubte als erster an einen Verkauf der Kneipe aus Rücksichten aufs Studium. Die Dämmerung schärfte das Innenlicht, und Laufkundschaft kam herein aus dem rascheren Wind, der die Straßenlampen schwenkte, und viele Hocker vor dem Thekenbrett waren besetzt, als die Skatclique ihre Ladentische, Amtsdrehstühle, kleinen Werkstätten verlassen hatte und ankam ohne Blick nach Hause, kleine Pilsner verlangte und Auskunft über das Befinden der Bratheringe, und glaubte an einen Verkauf aus Rücksichten aufs Studium. Da war die Uhr in der Hängekordel zwischen den Transparenten wieder angehalten auf halb vier Uhr morgens oder nachmittags und meldete nicht mehr mit allen drei Zeigern Abfahrt, Ankunft, Durchsuchung, Verhör, Verhaftung Fremder; da griff die Wirtin kein Mal in den Flaschenschrank zum Radio zur Zeit der Nachrichten, und der flockennasse Zeitungshändler verließ enttäuscht das Lokal, in dem er die Spätausgaben vor Tagen noch reichlicher hatte absetzen können. Da kamen, und waren nicht eingeladen, aus dem Norden zwei von den Ganoven, die da ihre kleinen Geschäfte mit getragner Kleidung oder Schuhmacherbedarf als Leumund aufzogen vor gewinnträchtigen Tunnelbauten und Hohlraumautos, die aber auch gegen sattes Honorar ein zwei Pässe und nen Mantel aus Leder als westlichen Ausweis durch die Kontrolle geschmuggelt hatten; die glaubten nicht an einen Verkauf aus Rücksichten aufs Studium, die hatten den Amateuren das unrühmliche Ende, den Verlust des bürgerlichen

Standards, der Kneipe, des Eigentums, seit langem ange-
wünscht, und fingen an mit beruflicher Beratung, und faßten
plötzlich an die Mütze, denn da kam Erwin aus dem Windfang
und ließ seinen dienstlichen Hut auf den Haken segeln und kam
von der Nachmittagsschicht der Funkstreifen in Uniform näher
mit Schritten so schlurfend, als wohnte er hier, und sah den beiden krummen Rücken nach aus großen Augen. Dann gab es die
zweite Lokalrunde frei, in zwei Runden standen die Gläser auf
der Schankbrücke, und in säuberlichem Zug ließ die Wirtin die
Flasche über ihnen laufen mit dem Hals nach unten. Da standen
am frühen Abend noch Stühle mit Lehnen, die drückte keiner,
der Stehtisch hielt die blanke Platte öfter von allein, die rund
gewetzten Rungen der Hocker hatten nicht immer Sohlen und
Absatz gefunden. Da kamen einige nicht. Da kamen nicht, und
würden nicht rechtzeitig kommen, die Kuriere, die in den Haft-
anstalten der ostdeutschen Umgebung einsaßen für eigene Le-
benszeit um eines überzähligen Passes willen, um jenes Trug-
schlusses willen, der eine Hilfe für Nachbarn aus deren privaten
Gründen umgefälscht hatte in eine Bürgerpflicht aus öffentlichen Gründen, als sei Beistand für Einzelne das Mindeste, wo
nicht allen geholfen wird, als müsse richtig sein zu tun, was zu
tun möglich gewesen war, dafür bestraft mit dem Schweigen des
eigenen Gemeinwesens, der Gefängnisordnung der ostdeutschen Behörden, der Umwertung des individuellen Tatmotivs
vor solchen Gerichtshöfen in ein politisches. Da kam keiner,
und war keiner eingeladen, der Passagiere, die ihr Schweige-
versprechen vergessen hatten, wenn sie behandelt wurden als
Flüchtlinge, und den Vertretern der militärischen Spionage im
Lager den benutzten Übergang aus Ostdeutschland verrieten,
so daß ein Ausreiseweg verschüttet wurde durch das mangelhafte Betragen der Leute, die dann ein Geheimdienst in Marsch
setzte; keiner der Passagiere, die den Weg durch die Abwässer-
kanäle gesprengt hatten mit Gelächter unter den Füßen der
ostdeutschen Grenzsoldaten und mit den Tränengasbomben,
die dann die Folgenden aus den Gullies, in die scharfe Brühe
der Kloake trieben; keiner der Passagiere war eingeladen, die

anderen nach ihnen den Ausweg versperrten, indem sie für den eigenen nicht bezahlten; wäre auch wohl von denen keiner gekommen. Da war die Tür zu. Da war es zwölf, ein Pappschild zwischen Gitter und Drahtglas des Eingangs erklärte die Gesellschaft für geschlossen, die Anwesenden waren hier nicht neu. Draußen trieb der Schlackerschnee nicht mehr, saß weich auf den Dächern, deckte pampig die Bürgersteige, die abgestellten Autos, auf den Fahrbahnen fuhren Busse und Taxis ihn zu schmutzigem Wasser. Innen saß der Stamm, da standen die Stützen, da sang Onkel Heinz, in knickebeinigem Ententanz, im Duett mit dem Musikkasten, das Lied von der ungetreuen Jungfrau, da kam jener Herr ein um sein nächstes Nichts, in dessen Lichte ihm weltliches Bemühn so erschien, die Köchin aus dem unpassenden Lokal von nebenan kippte grünen Likör und hielt den kleinen Finger steif, der Verächter des Weiblichen redete ein auf das Paar von Kindern und spendierte ihnen eine Kola nach der andren, der Plattenautomat hielt keinmal stille, denn sein Pächter war gekommen und hatte ihm die Geldkehle abgedreht, da war um des guten Willens der Mann mit der feisten Zwergtöle gekommen und fauchte an seinen Beinen herunter, wenn die zutrauliche Winzigkeit sich und das Tischbein in Henriettes Nähe zerren wollte, und Henriette schlief auf der Kellerluke, die Schnauze zwischen die Pfoten gebettet. Es war der letzte Abend, morgen war verkauft, und die Skatclique hatte die Karten zurückgegeben, und den Würfelbecher bestellt, nicht für Chicago, mit Chicago-scharf, mit eins-bis-sechs sogar trudelten sie um die nächste Lage, dem bekümmernden Anlaß rascher nachzukommen, sie erzählten weißt du noch, und wußten noch, und mochten nicht an fremde Theken zerstreut werden; die würdigen, bejahrten Herren tanzten mit der Wirtin, mit Armen ausfahrend nach alter Mode, daß ihr die Röcke flogen, die waren auch nicht mehr eng genug inzwischen, und die vierte, die sechste Runde frei, zu Ehren des Hauses, war durch, und der zugereiste Stammtisch kaufte für die paar verbliebnen Stunden Frieden mit den alten Cliquen, Doornkaat, Jakobi, Reidemeister, und die Freundin der Wirtin, ein Mäd-

chen von der Ostsee, kam hinter der Theke kaum durch mit
Schenken, Gläserwaschen, aber kein Bier wurde ohne Schaum-
fänger serviert, jeder Aschenbecher gewischt, und die Eis-
stücke auf den Schläuchen in der Schankbrücke waren eben ge-
hackt. Da war die Theke schon vergeben, die blankgesessnen
Hockersitze waren vorbestellt, sogar die Gäste waren verkauft,
sie hatten umsetzen helfen, was nun den Verkehrswert des Lokals bedeutete und nicht einmal den neunten Teil der Schulden,
aufgenommen Fremden zuliebe. Da schlug um zwei in der
Nacht noch ein Mal das Münztelefon an, die Wirtin ließ den ersten Sekt seit Sommer stehen und zog den Hörer an der Metall-
spirale um die Ecke, so daß sie nicht zu sehen war, bis sie zu-
rückkam mit müden Augen, vom Telefon abgewandt stand wie
unschlüssig in Zuvielem, die Haare von den Schläfen zurück-
strich und die Schädelseiten mit den Fingern drückte wie gegen
Schmerz. Nun schien sie allen schon seit Nachmittag erschöpft.
Da war eben etwas zu Ende. Und fast war es vorbei mit dem
halblauten Jargon, den die Technik des Reiseverkehrs, seine
Geheimhaltung verlangt hatten, der Pässe Bücher nannte und
großes Geld Scheine und ausländisches Geld echte Scheine, von
Antrag sprach, von Erledigung, der Passagiere als Figuren
zählte, der die Verhaftung eines Kuriers versteckt hatte hinter
dem Wort Pleite, die eines Passagiers hinter dem Wort Unfall,
der sich achtlos mit den ostdeutschen Staatsausdrücken Terro-
rist und Menschenhändler verkleidete, der übrigens gesagt
hatte für Reisen in den Machtbereich solcher Sprache: auf den
Barnim gehen, nach der nördlichen Höhe, die das Urstromtal
begrenzte, in dem die Siedlung Berlin in der alten Steinzeit angefangen hatte. Darauf eine Lage frei fürs ganze Haus, darauf
kam es nicht an. Da war es vorbei mit der Frage nach dem jeweils einen Westdeutschen, der auf je acht ostdeutsche Reisende seine Verhaftung riskiert und bekommen hatte; da mußte
niemand mehr sich ein Gewissen machen daraus, ob ein Kote-
lett, das den Aufenthalt eines Kuriers in einem Ostberliner Re-
staurant polizeilich wie spesenmäßig erklärt, zudem ihm mun-
dete. Da war es vorbei mit der Verantwortung für Fremde, die

jene Hilfe für Fremde bedeutet hatte, Verantwortung für fremdes Leben, die Zusammenführung von Familien, geglückte Liebschaften, zerfallende Ehen. Darauf eine Runde geschmissen, wir haben davon genug. Vorbei war es für alle mit der Erpressung durch Leute, die nach einer Person von auswärts begehrt hatten, denen die Wangenmuskeln locker geworden waren von Ausdrücken der Zuneigung und Treue, deren Liebe nicht ausgereicht hatte, mit der unentbehrlichen Person in dem ärmeren Land zu leben, dahin zu gehen wo die war. Darauf eine Runde, und daß hier nicht mehr gesungen wird! Vorbei, erledigt, historisch war das Tatmotiv, die Hilfe für den Nächsten, erpreßt durch die Drohung mit der ansteckenden Nähe fremden Unglücks, im Stich gelassen. Darauf wird nichts getrunken. Lange vor Tag kam die Frau mit dem Eimer und Lappen und fand die Tische aufgeräumt, die Theke blank, die Leute gegangen. Die Kneipe war verloren.

Nur ein paar Wochen lang verstaubten die Fensterscheiben, waren sie von Farbschlieren gemustert. Als die Wirtin die Vorladung bekam für den Prozeß der Verwandten wegen Verschleiß der Erbschaft, als alle vor Gericht standen wegen unverhohlener Erschleichung von Darlehen für landfremde Personen, hatte die Brauerei die alte Täfelung aus dem Lokal gerissen, rotierende Grills in die Schaufenster gesetzt und die Kneipe eröffnet als einen Laden mit gebratenen Hühnern, mit Kerzen auf den Tischen und Bier, das geschenkt wurde wie einst auf Landbahnhöfen für Ausflügler, Sie wissen schon.

(1965)

Über eine Haltung des Protestierens

Einige gute Leute werden nicht müde, öffentlich zu erklären, daß sie die Beteiligung ihres Landes am Krieg in Vietnam verabscheuen; was mögen sie da im Sinn haben? Die guten Leute sagen sich den Ausspruch nach, es sei Krieg nicht mehr erlaubt unter zivilisierten Nationalstaaten; die guten Leute haben sich nicht gemuckst, als die Kolonialpolitik zivilisierter Nationalstaaten jene Leute in Vietnam bloß mit Polizei dabei störte, erst einmal eine Nation zu werden. Die guten Leute hört man klagen, es wende das mächtigste Land der Erde gegen ein kleines Land fortgeschrittene Waffensysteme an, zum Teil experimentell, gerade das Probieren mit tüchtigeren Vernichtungsmitteln erbittert die guten Leute; die guten Leute haben still in der Ecke gesessen, als die Armeen sich auswuchsen, noch die Diät der Manöver haben sie dem Militär gegönnt, nun schreien sie über die natürliche Gier der Maschine nach lebensechtem Futter. Die guten Leute haben es mit der Moral, die Einhaltung des Genfer Abkommens wünschen sie sich, Verhandlungen, faire Wahlen, Abzug der fremden Truppen, Anstand sagen sie und Würde des Menschen; sie sprechen zum übermenschlichen Egoismus eines Staatswesens wie zu einer Privatperson mit privaten Tugenden. Die guten Leute mögen am Krieg nicht, daß er sichtbar ist; die guten Leute essen von den Früchten, die ihre Regierungen für sie in der Politik und auf den Märkten Asiens ernten. Die guten Leute wollen einen guten Kapitalismus, einen Verzicht auf Expansion durch Krieg, die guten Leute wollen das sprechende Pferd; was sie nicht wollen, ist der Kommunismus. Die guten Leute wollen eine gute Welt; die guten Leute tun nichts dazu. Die guten Leute hindern nicht die Arbeiter, mit der Herstellung des Kriegswerkzeugs ihr Leben zu verdienen, sie halten nicht die Wehrpflichtigen auf, die in diesem Krieg ihr Leben riskieren, die guten Leute stehen auf dem Markt und weisen auf sich hin als die besseren. Auch diese guten Leute werden demnächst ihre Proteste gegen diesen Krieg verlegen bezeichnen als ihre jugendliche Periode, wie die guten Leute vor ihnen jetzt sprechen über Hiroshima und Demokratie und Cuba. Die guten Leute sollen das Maul halten. Sollen sie gut sein zu ihren Kindern, auch fremden, zu ihren Katzen, auch fremden; sollen sie aufhören zu reden von einem Gutsein, zu dessen Unmöglichkeit sie beitragen.

(1967)

Concerning an Attitude
of Protesting

Some good people do not tire of declaring in public that they abominate their country's participation in the war in Viet Nam – what can they have in mind? The good people claim for themselves the observation that war is no longer permitted between civilized nation-states; the good people stood pat when the colonial policy of civilized nation-states disturbed those people in Viet Nam just with police, before they could become a nation for once. The good people are heard complaining that the world's greatest country uses advanced weapon systems against a small country, partly experimentally, and especially the trying out of more effective means of annihilation irritates the good people; the good people sat quietly in the corner while the armies gained capacity, they granted the military the very diet of manoeuvres, now they scream over the machine's natural greed for fodder true to life. The good people dwell on morals, observance of the Geneva agreements is what they wish, negotiations, fair elections, withdrawal of the foreign troops, decency they say and dignity of Man; they talk to the superhuman egoism of a State as to a private person with private virtues. What the good people do not like about the war is that it is visible; the good people eat of the fruits their governments harvest for them in Asian politics and on Asian markets. The good people want a good capitalism, an abstention from expansion by war; the good people want a singing horse – what they do not want is communism. The good people want a good world; they do nothing about it. The good people do not hinder the workers from earning their living by production of armaments, they do not hold up the conscripted who risk their life in this war, the good people stand in the marketplace and point themselves out as the better ones. These good people will also soon, with embarrassment, describe their protests against this war as their juvenile period, as the good people before them now talk about

Hiroshima and Democracy and Cuba. The good people should kindly shut up. Let them be good to their kids, even to kids not their own, to their cats, even to strange ones; if they only will stop talking about a species of being good they help to make impossible.

(1967)

Berlin
für ein zuziehendes Kind

An einem Vormittag, fast noch im Sommer
an vier Triebwerken der Firma Pratt & Whitney hängend
über der klaren Mark Brandenburg
    dem Truppenübungsplatz Döberitz
    Panzerkettenspuren
    gelblichen Wunden im Bodenbewuchs

nach siebenhundertneunundachtzig Tagen in Greater New York
in einem Linienflug der PanAm, abends ab Kennedy International
über den versteckten Panzern im märkischen Wald
kommt das Kind zu den abschließenden Fragen:

    Warum gehört England nicht zu Europa?
    Warum liegt Deutschland hinter Schottland?
    Warum sollen wir landen in Westberlin?

Das Flugzeug ist ein fliegendes Foyer, voller verschlafener
Decken, Abendzeitungen Manhattans neben Frühstücksge-
schirr
wohnlich genug für den Wunsch darin weiterzureisen
hinweg über Berlin Moskau Tokio San Francisco nach New
York, New York

Das Kind hat mit allen Passagieren Lebengeschichte getauscht
hat alle Stewardessen erschöpft
hat weiterhin Fragen:

    Wieso ist es hier später?
    Liegt Berlin nicht in der Uhrzeit?
    Ist Viet Nam in der Nähe?

In der Nähe ist East Germany
In der Nähe ist Schmöckwitz und Caputh und Werder und
Lehnitz und der Bahnhof Lichtenberg, East Berlin.

Wie Jones Beach und Hoboken und Connecticut?
Auto, Fähre und Eisenbahn?
Wann immer?

Nicht vor dem Friedensvertrag.

Ist da ein anderer Krieg?
Was werden wir noch finden vom Krieg?
Schlachtschiffe, Napalm, Nahkampf im Fernsehen?

Nur die begradigte Front um die Stadt
Gelegentlich sozialistische Tote im Draht
Ruinen, kräftiger als Konjunktur, hinter Werbetafeln
Studenten marschieren gegen Kriege überhaupt Macht über-
haupt Ehen überhaupt Verkehrsampeln überhaupt
Älteren Zuschauern zittert die Lippe der Stock das Konto
Go-ins, sit-ins, Polizei im Sturmhelm
Berlin im Auslandsdienst der WABC-TV

Was haben wir zu suchen in Berlin?

Erinnerungen.
Wo du geboren bist
Veränderungen an anderen Freunden
Gespräche auf dem Wochenmarkt
Kleinere Dörfer, Steglitz Lübars Lichterfelde
Das seidige Licht dieser Jahreszeit
Blätterwechsel in den Hinterhöfen
Das Gewicht der Farben im November
Düsenkrach über den Walmdächern

Stille zwischen den alten Fassaden
Das Atmen der Stadtbahn in der Nacht
Mal nachsehen.

    Gibt es dort jüdische Kinder zum Spielen?
    Gibt es den Palisades Amusement Park?
    Gibt es ein Loch in der Grenze nach Lichtenberg?

An den bewährten Triebwerken der Firma Pratt & Whitney
die die Maschine über Oranienburg hinunterschrauben,
entgegen den Havelseen und den Waldgebieten im Norden,
entgegen dem dörflichen Flughafen Tegel,
im Gespräch mit einem Kind:

    Hat man hier Radar?
    Spricht man hier Englisch?
    Wird hier auch auf Besucher geschossen?

Sie haben hier Radar und Autobahnen und Heimatfreude
Wer zuzieht kriegt Darlehen und Zitterprämien und das
    Schöneberger Rathaus.
Hier spricht man nicht was du kennst.
Das Empire State Building nennen sie hier den Funkturm
Rockefeller Center Peppers Elefantenfalle
South Ferry Circle Line Stern und Kreis Schiffahrt
John Vliet Lindsay haben sie gar kein Wort für.

    Und wohin kann man fliegen von hier?

Fasten your seat belt.
Täglich nach London, einmal die Woche nach New York.

    This is what I like about Berlin.

                    (1968)

How to Explain
Berlin to a Newcoming Child

One morning, with summer hardly over,
hanging by four Pratt & Whitney engines
over the clear Mark Brandenburg
    the army exercise grounds of Döberitz
    tank tracks
    yellowish wounds in the vegetation

after seven hundred and eighty nine days in
Greater New York
on a PanAm flight from Kennedy International
since the evening before
over the hidden tanks in the forests of the Mark
the child arrives at the final questions:

    Why isn't England in Europe?
    Why is Germany behind Scotland?
    Why should we land in West Berlin?

The plane is a flying foyer, full of
drowsing rugs, Manhattan evening papers
beside breakfast things
homelike enough for the wish to travel on in it
away over Berlin Moscow Tokio San Francisco
to New York, New York.

The child has swapped experiences with all the
passengers
exhausted all the stewardesses
and still knows questions:

    Why is it later here?
    Is Berlin out of time?

      Is Vietnam nearby?

/

Nearby is East Germany.
Nearby is Schmöckwitz and Caputh and
Werder and Lehnitz and Lichtenberg station
in East Berlin.

/

      Like Jones Beach and Hoboken and
      Connecticut?
      Automobile, ferry and railroad?
      Any time?

/

Not before the peace treaty.

/

      Will we find another war there?
      What will be left of the war?
      Battleships, napalm, hand-to-hand combat
      on TV?

/

Only the straightened front around the city.
Occasional socialists dead in the wire.
Ruins, stronger than booms, behind
billboards.
Students march against wars in general power
in general
marriages in general traffic lights in general
senior citizens watch with trembling
lips & sticks & bank accounts
go-ins, sit-ins, police in crash helmets
Berlin in the foreign service of WABC-TV.

/

      What business do we have in Berlin?

/

Memories.
To see again
The place where you were born

The way other friends are changing
Talks at the street market
Smaller villages, Steglitz Lübars Lichterfelde
The silky light at this time of year
Leaves turning in the courtyards
The weight of colors in November
Din of jets above the hip roofs
Stillness between the old housefronts
The breathing of the Elevated in the night

/

    Are there Jewish children to play with?
    Is there a Palisades Amusement Park?
    Is there a hole in the frontier
    to Lichtenberg?

/

Hanging by the trusty Pratt & Whitney engines
which screw the aircraft down over Oranienburg
towards the Havel lakes and the forests in the North
towards the rustic Tegel airport,
in conversation with a child:

/

    Have they radar here?
    Do they speak English?
    Do they shoot at visitors too?

/

They have radar here and divided highways and
patriotism
Those who come to stay get loans and »danger« premiums
and the Schöneberg Town Hall.
You would not understand their way of speaking.
The Empire State Building they call the Funkturm
Rockefeller Center Pepper's Heffalump Trap
South Ferry Circle Line the Star and Circle
Excursion Co.
For John Vliet Lindsay they have no word.

/ /

And where can you fly from here?

Fasten seat belts.
Every day to London, once a week to New York.

That is what I like about Berlin.

(1968)

Vergebliche Verabredung mit V. K.

In dem vereisten Türglas ist ein Muster mit zahmer Fraktur freigelassen; hier sollen frühere Zeiten des Bierverzehrs herbeizitiert werden. Die Theke ist von mittlerer Länge, gemütlich umstanden von entschlossenen und geübten Trinkern, die der Wirtin mit nachbarschaftlichen Reden beim Zapfen und Spülen behilflich sind. Die Tische an den Wänden sind besetzt; den leeren in der Mitte, nahe der Tür, läßt man in einer Gegend wie Friedenau gerne aus. Da sitzt man ja wie auf dem Neuen Markt!

Das Geschäft läuft. Das Geschäft läßt zwei Serviererinnen laufen, eine im vorderen Abteil, eine im rückwärtigen, wo die Tische mit Tüchern gedeckt sind und die vornehme Kundschaft bürgerlich zu Abend ißt. Die Serviererin für die Trinker benimmt sich gegen sie mit förmlicher Vertraulichkeit, reinweg frech, und es gilt nichts. Wer beobachtet wird, kann sich mit Beobachtungen wehren. Die beiden Paare am runden Tisch in der Ecke sind noch gar keine. Die Herren überlegen noch, wie sie geschickter herankämen an die beiden Mädchen, einen mageren Rücken, einen dicklichen, beide schmal unter weißblonden, unter bräunlichen Haaren, beide den bulligen Enddreißigern kaum gewachsen, außer in der Anschlägigkeit. Die Mädchen gehen umsichtig umschichtig auf den Gang zur Toilette; dennoch mögen die Herren der jeweils alleingebliebenen ein verläßliches Angebot immer noch nicht machen. Das macht das Geschäft laufen. – Von Anfang an noch mal, und dann um die Ecke! bestätigt die dralle böse Mamsell, und nimmt die leeren Töpfe weg. Die Wirtin hat den Hahn längst aufgedreht. Draußen fahren die halbleeren Busse vorbei und bringen die schweren Fensterscheiben zum Dröhnen. Draußen im Dunkeln, auf dem nassen Damm, fährt der Gedanke der Klassiker, nackt und ohne Behang, da sind Leute unterwegs und wollen Hegel besuchen, da reist die Konterrevolution. Auch wir werden bald wieder Fahrscheine zu jenen Beförderungsbedingungen erwerben; nicht gleich. Wir haben ja zu warten. Es ist nicht mehr Tag, es ist noch lange nicht Nacht. Hier kann man Zeit haben. Die Arbeit ist vorbei, die Familie hat jetzt noch nicht Rechte. Von den älteren Gästen nimmt manchmal einer seine Tasche hoch, die ihm zu Füßen gesessen hat wie ein Hund, und begibt sich seufzend zum Essen im Kreise der Lieben, die er kaum so herzlich begrüßen wird wie er Abschied nimmt von den Genossen, die nun noch ein Pilsner bestellen, »mit Komma«, aus Freude. Unter denen, die noch bleiben dürfen, ist ein junger Zimmermann, dem die Haare wirr stehen über seinem im Halbrausch verrutschten Gesicht, und nun versucht er aus seiner offenen Samtweste Kraft herauszuzerren, wuchtet sich energisch ins Stehen und geht auf steifen Beinen zum Spielautomaten, der ihm für seinen Groschen ein Bier schmeißen soll. Das Licht über der behaglichen Versammlung ist viel heller als er sehen kann. In der tiefen Fensterecke reden sie mittlerweile über die Abzüge, denn es ist Freitag, es hat Lohn gegeben. Nun wird bald einer an dem Tisch in der Mitte des Lokals vorbeigehen und beiläufig ein Wort auf die Platte abwerfen. Worauf da gewartet wird, wüßte man doch gern. Werden wir ja sehen. Nun bringt die vertückschte Mamsell neues Bier, eine kalte lebendige Sache in beschlagenen Henkelgläsern. Die Frau sieht sich den ersten Schluck an, auch ihr Blick geht dabei in Richtung der Tür, deren einer Flügel sich ein wenig gerührt hat, wie von einem unschlüssigen Zeigefinger angetippt. Dann steht das vereiste Glas wieder still. Der Mensch da draußen hat sich die Sache überlegt. Schiebt ab. Hat aufgegeben.

– Wenn einer, und man wartet auf ihn: sagt die Bedienung, kaum bitter, eher mit Voraussicht: Solche kommen selten.

(1971)

Im Gespräch
mit einem Hamburger

warum ich in Berlin bleibe
Westberlin meine ich

Ihre Frage ist eine Offerte:
was bietet Hamburg?

bei Ihnen gewinnen Wenige an der Arbeit Vieler
hier auch
bei Ihnen leben welche vom Häuserbau ihrer Großväter
hier auch
bei Ihnen lügt Axel Springer die Betroffenen an
hier auch
in Ihren Gefängnissen kann man totgeschlagen werden
hier auch

Sie mögen eine Stadtbahn an die Nordsee haben
von hier fliegt eine nach Hamburg und Stuttgart und Düsseldorf
wer bei Ihnen auf die Insel Sylt verzichten muß
versagt sich hier bloß dem Wannsee
Sie loben Ihr Klima für die übrigen Jahreszeiten
wir auch
bei Ihnen besorgt die Armee den Bürgerkrieg
bei uns die Polizei
im Konfliktfall werden Sie nach Dänemark verschleppt
uns bleibt der Umweg gleich erspart

warum ich bleibe

schon zehn Jahre Vergangenheit machen anhänglich, und träge

warum ich bleibe

wegen der märkischen Großstadt-Atmosphäre
(zusammengesetzt aus einzelnen Dörfern)
wegen des ruhigen Ambiente der Provinz
(Westdeutschland kommt ohnehin zu Besuch)
weil hier zu sehen ist was los ist

(die Moderne Grenze als Gegenstand statt in der Tagesschau)

wegen des Schreibens der Alliierten Kommandantur vom 29.
August 1950 zur Verfassung von Westberlin (BK/0 (50) 75)
weil Westberlin ein Gebiet für sich ist
dem Spieltrieb von Strauß und Barzel entzogen
anders als Brandt und von Guttenberg sagen

weil Westberlin nicht auf seiner Umgebung liegt
sondern in ihr, von ihr umgeben
anders als Stoph und Honecker sagen

wegen einer Rede von John Kennedy am 25. Juli 1961
weil vielleicht die amerikanische Nation eines ihrer Worte hält
anders als einige ihrer Vertreter sagen

weil ich die hiesige Zukunft sehen möchte:
Westberlin als Istanbul, Brüssel oder Hongkong
Westberlin als Schleuse zwischen Dollar und Rubel
Westberlin größerer Teil der Hauptstadt der DDR

weil notfalls hier bestätigt wird wie anderswo:
die bekannt humane Kriegführung der USA
die bekannt humane Okkupationstechnik der UdSSR

um dann zu hören was die Westdeutschen dann sagen
bloß aus Neugier ob sie es endlich zugeben)

schließlich aus Angst vor der Langeweile
aus Genuß an der Langeweile

bleibe ich wohnen in Westberlin.

Danke für das Gespräch.

(1970)

Drucknachweise

Berliner Stadtbahn
MERKUR 162 (8/XV), August 1961, S. 722-733

Boykott der Berliner Stadtbahn
DIE ZEIT Nr. 2/1964, 10. Januar 1964, S. 9-10.
Wiederabgedruckt in: *Deutsches Mosaik. Ein Lesebuch für Zeitgenossen.*
Suhrkamp Verlag, Frankfurt am Main 1972, S. 369-383

Das soll Berlin sein. Antwort auf Zuschriften
DIE ZEIT Nr. 6/1964, 7. Februar 1964, S. 10

Nachtrag zur S-Bahn
Sendung des SFB »S-Bahn – Eine Berliner Collage«, 29. März 1970

Rede zum Bußtag (19. November 1969)
ungedruckt

Versuch, eine Mentalität zu erklären. Über eine Art DDR-Bürger in
der Bundesrepublik Deutschland
in: *Ich bin Bürger der DDR und lebe in der Bundesrepublik,* hrsg. von
Barbara Grunert-Bronnen, Nachwort von Uwe Johnson. R. Piper Verlag & Co., München 1970, S. 119-129

Eine Kneipe geht verloren
KURSBUCH 1/1965, Juni 1965. Suhrkamp Verlag, Frankfurt am
Main 1967, S. 47-72

Über eine Haltung des Protestierens
KURSBUCH 9/1967, Juni 1967, Suhrkamp Verlag, Frankfurt am
Main 1967, S. 177-178

Concerning an Attitude of Protesting
in: Authors Take Sides on Vietnam, hrsg. von Cecil Woolf und John
Bagguley. Peter Owen, London 1967, S. 108-109

Berlin für ein zuziehendes Kind. How to Explain Berlin to a Newcoming Child
BERLINER LEBEN 2/1969, Februar 1969, S. 49

Vergebliche Verabredung mit V. K.
ungedruckt

Gespräch mit einem Hamburger
DEUTSCHES ALLGEMEINES SONNTAGSBLATT Nr. 34/XXIII,
23. August 1970, S. 20

Zeittafel

1934	geboren in Kammin (Pommern), aufgewachsen in Anklam
1952-1956	Studium der Germanistik in Rostock und Leipzig
1959	Umzug nach Westberlin *Mutmassungen über Jakob*
1960	Fontane-Preis der Stadt Westberlin
1961	Reise durch die USA *Das dritte Buch über Achim*
1962	Stipendien-Aufenthalt in der Villa Massimo, Rom
1964	*Karsch, und andere Prosa*
1965	*Zwei Ansichten*
1966-1968	New York, zunächst ein Jahr als Schulbuchlektor
seit 1968	Berlin-Friedenau
1970	*Jahrestage*
1971	Georg-Büchner-Preis *Jahrestage 2*
1973	*Jahrestage 3*
1974	*Eine Reise nach Klagenfurt*
	Umzug nach England
1975	*Berliner Sachen*
	Jahrestage 4

Von Uwe Johnson
erschienen im Suhrkamp Verlag

Mutmassungen über Jakob. Roman. 1959
Das dritte Buch über Achim. Roman. 1961
Zwei Ansichten. 1965 (Sonderausgabe 1971)
Jahrestage. Aus dem Leben von Gesine Cresspahl.
Roman. 1970
Jahrestage 2. Aus dem Leben von Gesine Cresspahl.
Roman. 1971
Jahrestage 3. Aus dem Leben von Gesine Cresspahl.
Roman. 1973
Jahrestage 4. Aus dem Leben von Gesine Cresspahl.
Roman. 1975

edition suhrkamp
Karsch, und andere Prosa. 1964. Band 59

suhrkamp taschenbücher
Das dritte Buch über Achim. 1973. Band 169
Mutmassungen über Jakob. 1974. Band 147
Eine Reise nach Klagenfurt. 1974. Band 235

Über Uwe Johnson
Herausgegeben von Reinhard Baumgart
edition suhrkamp 405

st 214 Karl Otto Conrady, Literatur und Germanistik
als Herausforderung. Skizzen und Stellungnahmen
288 Seiten
Der Autor versucht, das Interesse an Literatur, ihre
Funktion in der Gesellschaft und die wissenschaftliche
Analyse der schönen Kunst zu begründen. Dabei re-
flektiert er die Positionen der Hermeneutik, des Histo-
rismus und des kritischen Realismus. Weiterhin setzt er
sich mit der Lyrik Goethes und dem Brechtschen Realismus auseinander. Conrady lehnt engagiert die Mystifika-
tion der Begriffe Richtung und Literatur ab und warnt
– aus gegebenem Anlaß – vor einer Germanistik, die
nationalistischen Tendenzen Vorschub leistet.

st 215 Stephan Hermlin, Lektüre. 1960–1971
228 Seiten
Hermlins Reflexionen über Gelesenes, sein außerordent-
liches Verhältnis zur Literatur, die Kompetenz seiner
Betrachtung, sein Wissen um Zeit und Geschichte lassen
klare Porträts von Ambrose Bierce, Franz Fühmann,
Mozart, Chateaubriand, Hölderlin, Karl Kraus, Bo-
browski, Verlaine, Thomas Mann u. a. entstehen, die
den Leser zu einer neuen Lektüre führen und verfüh-
ren.

Hesse hat Penzoldt einen »legitimen Nachkommen des Verfassers des Schelmuffsky« genannt, »einen Humoristen mit der lachenden Träne im Wappen, nicht einen Witzemacher«. Thomas Mann rühmte den Erzähler Penzoldt als »einen Geist des romantischen Spottes über die plumpe und häßliche Mühsal«, sein »Erbarmen mit den Beleidigten, Verstoßenen und Darbenden, den Opfern einer verhärteten Gesellschaft«.

Waley will mit diesem Werk drei Wege des Denkens im Reich der Mitte weisen: den taoistischen des Chuang Tzu, den konfuzianischen des Meng Tzu, den legalistischen des Han Fei Tzu. Weit über antiquarisches Interesse hinaus können die versammelten, vornehmlich politischen Texte für aktuell, ja brisant gelten. Seit August 1973 wissen wir, daß die Volksrepublik China sowohl Konfuzius und seine Schüler (wie zum Beispiel Meng Tzu) als auch die sogenannten, sich letztlich auf Han Fei Tzu berufenden Legalisten ins Zentrum der politischen Diskussion rückt.

In diesem Band schildert Siegfried Unseld seine Begegnungen mit Hermann Hesse. Erinnerungen und Berichte über literarische und persönliche Begegnungen wechseln mit Dokumenten Hesses, in denen sich ein Stück Verlagsgeschichte spiegelt, die Geschichte der Beziehung Hermann Hesses zu seinem Verlag und zu seinen Verlegern.

»Ich kenne in der gegenwärtigen deutschsprachigen Literatur kaum etwas Ergreifenderes als die aufleuchtenden Bilder dieses Romans.« *Helmut Heißenbüttel*

st 220 H. P. Lovecraft, Berge des Wahnsinns. Zwei Horrorgeschichten
216 Seiten

Wieder geht es um unmenschliche, vorzeitliche Wesen und Gottheiten, die in der Verborgenheit darauf lauern, die Welt, die sie als ihren Besitz verstehen, zurückzuerobern. In den *Bergen des Wahnsinns* weckt sie eine Südpolarexpedition aus ihrem Schlummer; in *Der Flüsterer im Dunkeln* bemächtigen sich Wesen, die aus dem interstellaren Raum kommen, der Gehirne bedeutender Forscher, um sie sich für ihre dunklen Zwecke dienstbar zu machen.

st 221 Theodor Reik, Der eigene und der fremde Gott. Zur Psychoanalyse der religiösen Entwicklung
Mit einem Vorwort zur Neuausgabe von Alexander Mitscherlich
252 Seiten

Reiks 1923 erschienene Arbeit gehört neben denen von Freud, Ernest Jones und Erich Fromm zu den wichtigsten religionswissenschaftlichen Studien auf psychoanalytischer Grundlage. In ihr wird versucht, von analytischen Gesichtspunkten aus die Erscheinungen der religiösen Feindseligkeit und Intoleranz psychologisch zu erklären und zugleich den tieferen Ursachen der religiösen Verschiedenheiten nachzuforschen.

st 222 Zur Aktualität T. S. Eliots. Zum 10. Todestag
Herausgegeben von Helmut Viebrock und Armin Paul Frank
290 Seiten

Der vorliegende Band enthält Aufsätze deutscher und ausländischer Kritiker und Literaturwissenschaftler, z. T. Originalbeiträge, z. T. bereits veröffentlichte Aufsätze, die mit einer Ausnahme nicht älter sind als fünf Jahre. Er wird durch eine Bibliographie ausgewählter Schriften über Eliot, die seit 1965 erschienen sind, ergänzt und steht in einem Zusammenhang mit der vierbändigen Werkausgabe Eliots im Suhrkamp Verlag.

st 223 Nathalie Sarraute, Zeitalter des Mißtrauens. Essays über den Roman
Aus dem Französischen von Helmut Scheffel
112 Seiten

Ehe der »nouveau roman« zum vieldeutig schillernden Begriff geworden war, hat Nathalie Sarraute ihre Theorie des modernen Romans entwickelt. 1947 bis 1956 schrieb sie vier Essays, die unter dem Titel *L'ère du soupçon* erschienen. Von Dostojewski führen die Überlegungen der Autorin zu Kafka, Proust und Camus. Wie kann, so fragt sie, der Roman sich der hinderlichen Konvention von Handlung und Figuren entledigen?

st 224 Barbara Frischmuth, Amoralische Kinderklapper
Mit neunzehn Zeichnungen von Walter Schmögner
120 Seiten
»Es ist keine Übertreibung, wenn ich sage, daß die *Amoralische Kinderklapper* für mich überhaupt das erste literarische Buch über Kinder ist, ein Buch, das über Kinder informiert, das nicht einfach aus sentimentalen Mutmaßungen über die eigene Kindheit zusammengebaut ist, sondern Beobachtungen, Erfahrungen und sicher auch Kenntnisse der modernen Kinderpsychologie verarbeitet. ... Barbara Frischmuth hat – vielleicht wie noch niemand vor ihr – die Sprache der Kinder entdeckt.« *Peter Bichsel*

st 226 Stanisław Lem, Solaris. Roman
Aus dem Polnischen von I. Zimmermann-Göllheim
240 Seiten
Lems Roman akzentuiert ein zentrales Thema des polnischen Autors: die Möglichkeit völlig fremden, dem menschlichen nicht mehr vergleichbaren Bewußtseins, völlig fremder Systeme intelligenten Lebens, völlig fremder Existenzformen und die Auseinandersetzung damit.

st 227 Hermann Hesse, Die Nürnberger Reise
84 Seiten
Die Erstausgabe der *Nürnberger Reise* erschien 1927, im selben Jahr wie die des *Steppenwolf*. Beide Bücher sind kritische Auseinandersetzungen nicht allein mit dem Zeitgeist der zwanziger Jahre, sondern mit der blinden Progressivitäts-Euphorie unseres Jahrhunderts, dessen vorwiegend quantitative Errungenschaften die Weltkriege der Gegenwart ausgelöst haben.

st 228 Halldór Laxness, Islandglocke. Roman
Aus dem Isländischen von Ernst Harthern
468 Seiten
Die Romantrilogie des Nobelpreisträgers für Literatur
1955 hat den Mordprozeß gegen einen isländischen
Bauern an der Wende vom 17. zum 18. Jahrhundert
zum Thema, als das abseitige Island von dem damals
mächtigen Dänemark versklavt wurde.

st 229 Samuel Beckett, Molloy. Roman
Deutsch von Erich Franzen
208 Seiten
Molloy ist in mancher Hinsicht die Parallele zu *Godot*.
Der Roman beunruhigt den Leser. Die große Selbstver-
ständlichkeit seiner Sprache, seines Stils und die innere
Konsequenz seiner Aussage machen ihn zu einem
Kunstwerk und damit zu einer echten, notwendigen Zu-
mutung, der man sich stellen muß.

st 230 Gerhard Roth, die autobiographie des albert ein-
stein.
Künstel. Der Wille zur Krankheit. Drei Romane
176 Seiten
»Diese finsteren Romane, die ›man schlicht als außer-
ordentlich bezeichnen‹ kann, lassen den Leser durch ihre
klaren Bilder und hellsichtigen Metaphern ›in einen
Zustand erschreckt-ungemütlicher Fasziniertheit geraten‹.« *Jörg Drews*

st 231 Paul Celan, Mohn und Gedächtnis. Gedichte
280 Seiten
»Hier war ein Reichtum an ungewöhnlichen, kühnen,
visionären Metaphern, die man nach der Ausbeute im
Surrealismus nicht mehr für möglich gehalten hatte. Ein
noch nicht gehörter, suggestiver, von Schmerz durchweh-
ter Klang wucherte wild und betäubend, grandios und
erschreckend, sanft und empörend, feurig und gekältet.
Und daneben fanden sich lapidare und asketische Verse
in einer Sprache, die wie aus Marmor gemeißelt zu sein
schien. In diesem Band war auch die *Todesfuge* enthalten, ein Gedicht, das seinen Schöpfer inzwischen be-
rühmt gemacht hat.« *Horst Bienek*

st 232 Peter Rosei, Landstriche. Erzählungen
122 Seiten
Vier topographisch genaue Beschreibungen eines Land-
striches, wobei die äußere Schilderung Parabel für die
innere Landschaft einer Person, für den Zustand einer
Gesellschaft ist. In »Nach Outschena« entspricht das Auf-
steigen von Talstufe zu Talstufe der fortschreitenden
Verelendung der Bevölkerung. »Ja und Nein« und »Unterwegs« erzählen von einem Außenseiter, der der Unbill
der Witterung ebenso ausgesetzt ist wie der Bedrohung
durch die ihm fremd gegenüberstehende Gruppe. Am
komplexesten ist die Erzählung »Fragen der Forschung«:
der Sinn des Gesetzes ist der zivilisierten Gesellschaft
verlorengegangen.

st 234 Han Suyin, Die Morgenflut. Mao Tse-tung, ein
Leben für die Revolution
Aus dem Amerikanischen übertragen von Siglinde
Summerer und Gerda Kurz
672 Seiten
Für diese Geschichte der chinesischen Revolution und
der Darstellung des Lebens von Mao hat Han Suyin
mehr als zehn Jahre lang Fakten gesammelt, sie sprach
mit den Schlüsselfiguren der chinesischen Revolution und
folgte der Route des Langen Marsches. Das Buch *Die
Morgenflut* ist für die Fortführung der China-Diskussion
notwendig.

st 235 Uwe Johnson, Eine Reise nach Klagenfurt
112 Seiten
In Klagenfurt hat Ingeborg Bachmann ihre Kindheit er-
lebt; ist diese Zeit noch zu finden in der Stadt von heute?
Danach zog sie vor, zu leben in Rom und anderswo;
was für Einladungen bietet Klagenfurt? Zitate von
Ingeborg Bachmann lösen die Recherchen Uwe Johnsons
aus, das Zusammenspiel beider Elemente illustriert die
Spannung zwischen den beiden Orten. In Rom starb
Ingeborg Bachmann am 17. Oktober 1973; in Klagenfurt
ist sie begraben.

st 236 Helm Stierlin, Adolf Hitler: Familienperspektiven
192 Seiten
Stierlins Buch dreht sich um die bis heute nicht hinrei-

chend beantwortete Frage: Welches sind die psychischen und motivationalen Grundlagen für Hitlers Aggressivität und Zerstörungsleidenschaft? Indem der Autor das vorhandene biographische und historische Material zu Rate zieht, versucht er, das singuläre Phänomen Hitler als einen Extremfall zerstörter zwischenmenschlicher Beziehungen darzustellen. So kann dieses Buch dazu beitragen, etwas verstehen zu lernen, was sich nach landläufiger Meinung jedem Verständnis entzieht: die psychische Genesis des Zerstörerischen schlechthin, das Hitler wie kein Mensch vor ihm verkörpert hat.

st 237 Über Kurt Weill
Herausgegeben mit einem Vorwort von David Drew
188 Seiten
Zum 75. Geburtstag und 25. Todestag von Kurt Weill 1975 stellt dieser Band eine Sammlung bemerkenswerter, zum größten Teil bisher unzugänglicher Aufsätze und Dokumente von Heinrich Strobel, Iwan Goll, Theodor W. Adorno, Ernst Bloch, Alfred Polgar, Mary McCarthy u. a. zusammen, die nicht nur die künstlerische Entwicklung und die musikgeschichtliche Leistung von Weill verdeutlichen, sondern auch die unterschiedlichen Bedingungen, unter denen er arbeitete, dokumentieren wollen. In den Aufsätzen, die aus den Jahren 1925–1974 stammen, gewinnt auch der Kreis der Mitarbeiter um Kurt Weill Gestalt, zu dem Bertolt Brecht, Lotte Lenya, Georg Kaiser, Caspar Neher, Erwin Piscator und andere zählten.

st 238 Dietrich Hofmann (Hrsg.), Schwangerschaftsunterbrechung. Aktuelle Überlegungen zur Reform des § 218
352 Seiten
Dem vorliegenden Band geht es darum, der Vielfalt und der Unterschiedlichkeit der Auffassungen Rechnung zu tragen, welche die Position der verschiedensten Berufe, Kräfte und Gruppierungen unseres Landes kennzeichnen. Der Anspruch auf Sachlichkeit basiert auf der Klarstellung naturwissenschaftlicher, medizinischer Erkenntnisse, der Erkenntnisse eines Juristen, eines Moraltheologen, eines Soziologen und eines Psychiaters.

st 239 Bis hierher und nicht weiter
Ist die menschliche Aggression unbefriedbar?
Zwölf Beiträge. Herausgegeben von Alexander
Mitscherlich
»Mitscherlich und mit ihm die Autoren dieses Bandes
sehen heute die Aufgabe vor sich, jenseits aller ›Kollekti-
vierungsmethoden‹ mit ihrem äußeren Feindbild und jenseits aller Tabuisierung durch herrschende Gruppen den
einzelnen über seine Aggressionen aufzuklären, ihn erst,
einmal so weit zu bringen, daß er die Aggression erkennt,
sie zugibt, mit ihr zu leben lernt . . . Das Ergebnis ist
ein Buch, in dem wie niemals zuvor die gegenwärtige
Diskussion zusammengefaßt ist.« *Karsten Plog*

st 241 Wolfgang Koeppen, Der Tod in Rom. Roman
192 Seiten
Der Tod in Rom ist die Geschichte einer Handvoll Men-
schen, die nach dem Krieg in Rom zusammentreffen:
Opfer, Täter, Vorbereiter und Nachgeborene des
Schreckens. Rom, die Stadt Cäsars und Mussolinis, die
Heilige Stadt und die Stätte zweideutiger Vergnügungen,
bringt die Vergangenheit dieser Männer und Frauen ans
Licht. Koeppen beschreibt in diesem Zeitroman die ver-
borgenen Krankheiten der deutschen Seele.

st 278 Czesław Miłosz, Verführtes Denken
Mit einem Vorwort von Karl Jaspers
256 Seiten
Miłosz, zwar nicht Kommunist, aber zeitweilig als pol-
nischer Diplomat in Paris, beschreibt die ungeheure
Faszination des Kommunismus auf Intellektuelle. Er
stellt sich als Gegenspieler marxistischer Dialektiker vor,
deren Argumente von höchstem Niveau und bezwingen-
der Logik sind. Was der konsequente totalitäre Staat
dem Menschen antut, zeigt Miłosz in einer Weise, die
den Menschen am äußersten Rand einer preisgegebenen
Existenz wiederfindet. Von solcher Vision beschreibt der
Autor ohne Haß, wenn auch mit satirischen Zügen, die
Entwicklung von vier Dichtern, die aus Enttäuschung,
Verzweiflung, Überzeugung oder Anpassung zu Propa-
gandisten werden konnten.

st 279 Harry Martinson, Die Nesseln blühen
Roman
320 Seiten
Dieser Roman des Nobelpreisträgers für Literatur 1974 erzählt die Geschichte einer Kindheit. In fünf Kapiteln stehen sich Menschen in der Unordnung von Zeit und selbstgerechten Gewohnheiten gegenüber. Von der Kinderversteigerung geht der Weg Martin Tomassons durch die Schemenhöfe der Furcht, des Selbstmitleids und der Verlassenheit, bis ein fremder Tod ihn aus dieser Scheinwelt stößt. Zuletzt kommt Martin als Arbeitsjunge ins Siechenheim. In dieser Welt des Alterns, der Schwäche, der Resignation regiert der schmerzvolle Friede der Armut. Martin klammert sich an Fräulein Tyra, die Vorsteherin. Ihr Tod liefert ihn endgültig dem Erwachen aus.

st 281 Harry Martinson, Der Weg hinaus
Roman
362 Seiten
Dieser Band setzt die Geschichte des Martin Tomasson fort. Das ist Martins Problem: die Bauern, bei denen er als Hütejunge arbeitet, beuten seine Arbeitskraft aus. Er wird mit Gleichgültigkeit behandelt, die Gleichaltrigen verhöhnen ihn mit kindlicher Grausamkeit. Ihm bleibt nur die Flucht ins »Gedankenspiel«, in eine Scheinwelt, aufgebaut aus der Lektüre von Märchen und Abenteuergeschichten. Die Zukunft, von der Martin sich alles erhofft, beginnt trübe: der Erste Weltkrieg ist ausgebrochen. Der Dreizehnjährige schlägt sich bettelnd durchs Land, um zur Küste zu kommen. Immer in Gefahr, aufgegriffen zu werden, erreicht er zu guter Letzt eine der Seestädte.

Alphabetisches Gesamtverzeichnis der
suhrkamp taschenbücher